इमरान सीरीज़

7

साँपों के शिकारी

लौट आये हैं इब्ने सफ़ी

इमरान सीरीज़ के पहले

सात उपन्यास लेकर

1. ख़ौफ़नाक इमारत
2. चट्टानों में आग
3. बहुरूपिया नवाब
4. ख़ौफ़ का सौदागर
5. जहन्नुम की अप्सरा
6. नीले परिन्दे
7. साँपों के शिकारी

इब्ने सफ़ी

साँपों के शिकारी

सम्पादक

नीलाभ

अनुवादक

चौधरी ज़िया इमाम

हार्परकॉलिंस पब्लिशर्स इंडिया

हार्पर हिन्दी
(हार्परकॉलिंस पब्लिशर्स इंडिया, ए जॉइंट वेंचर विद द इंडिया टुडे ग्रुप)
द्वारा 2009 में प्रकाशित

बिल्डिंग नं. 10, टावर A, 4th फ्लौर
डीएलएफ साइबर सिटी, फेज II, गुरूग्राम 122002, भारत
www.harpercollins.co.in

ISBN : 978-81-7223-894-0

टाइपसेटर : निओ साफ़्टवेयर कन्सलटैंट्स

मुद्रक : माइक्रो प्रिंट इण्डिया, नई दिल्ली

दो शब्द

'साँपों के शिकारी' में इब्ने सफ़ी ने अपनी निगाह उन लोगों की तरफ़ मोड़ी जिनका असली धन्धा कुछ और है, मगर जो उसे ओट में रखने के लिए ऐसा व्यापार करते हैं जो हर तरह से क़ानूनी जान पड़ता है।

इब्ने सफ़ी ने अपने उपन्यासों में न तो जुर्म को ग्लैमराइज़ किया है, न मुजरिमों को और न उन्हें रोकने और पकड़ने वाले क़ानून के रखवालों को। मानो वे मान कर चल रहे हैं कि अगर समाज में गड़बड़ी है तो जुर्म और मुजरिम तो लामुहाला होंगे ही और तब उन्हें पकड़ने वाली एजेन्सियाँ भी वजूद में आयेंगी ही। इसलिए वे बुनियादी तौर पर मान कर चलते हैं कि अपराध और अपराधियों का अन्त उनकी हार ही में है। 'हीरों का फ़रेब' में वे लिखते हैं–

> *'दुनिया का कोई मुजरिम सज़ा से नहीं बच सकता। कुदरत ख़ुद ही उसे उसके मुनासिब अंजाम की तरफ़ धकेलती है। अगर ऐसा न हो तो तुम एक रात भी अपनी छत के नीचे आराम की नींद न सो सको। ज़मीन पर फ़ितनों*

के सिवा कोई न आये।'

इस बात पर यक़ीन रखते हुए भी इब्ने सफ़ी को पूरा एहसास है कि कई बार क़ानून की ख़ामियाँ या कमियाँ या फिर एक ग़लत समाज व्यवस्था की वजह से जुर्म पनपता है। ऐसे हालात में कई बार जुर्म के शिकार क़ानून का पूरा फ़ायदा नहीं उठा पाते और मुजरिम क़ानून की ख़ामियों की ओट में बच निकलते हैं, इसलिए क़ानून की हिमायत करते हुए भी इब्ने सफ़ी ग़लत या खोटे क़ानून को बदलने के हामी भी हैं, मगर उनका कहना है कि क़ानून और व्यवस्था का विरोध लोकतान्त्रिक ढंग से हो और जो भी तब्दीली होनी हो, वह सामूहिक प्रयास से की जाय–

'अगर तुम क़ानून को बदल देने लायक़ समझते हो तो सामूहिक कोशिश से उसे बदलने की कोशिश क्यों नहीं करते।'

इमरान सीरीज़ की भूमिका में भी इब्ने सफ़ी ने स्वीकार किया–

"मैं सोचता... सोचता रहा। आख़िरकार इस नतीजे पर पहुँचा कि आदमी में जब तक क़ानून को स्वीकार करने का सलीक़ा नहीं पैदा होगा, यही सब कुछ होता रहेगा। यह मेरा मिशन है कि आदमी क़ानून का एहतराम करना सीखे और जासूसी नॉवेल की राह मैंने इसीलिए चुनी थी। थके-हारे लोगों का मनोरंजन भी करता हूँ और उन्हें क़ानून को स्वीकार करना भी सिखाता हूँ... लेकिन मेरे ख़याल में महज़ जासूसी उपन्यासों से यह मिशन कामयाब

नहीं हो सकता। इसके लिए देश के क़ानून से जनता को अवगत कराने का इन्तज़ाम होना चाहिए।"

इसी मुहिम के तहत इब्ने सफ़ी ने 'साँपों के शिकारी' में उन लोगों की पोल खोली जो क़ानून की आँख में धूल झोंक कर अपने नापाक धन्धे जारी रखते हैं। तैमूर ऐण्ड बार्टले नाम की कम्पनी के मालिक साँपों की खाल से बने सामान के व्यापार की आड़ में कोकीन बेचने का जो धन्धा करते हैं, उसके लिए वे क़ानून का भी फ़ायदा उठाने से नहीं हिचकते। लेकिन जैसा कि इब्ने सफ़ी ने बार-बार कहा है कि मुजरिम लाख चाहे, अपने गुनाहों की सज़ा से बच नहीं सकता और यही हाल इमरान के हाथों तैमूर ऐण्ड बार्टले के साझीदार तैमूर का होता है।

कहानी में एक पेंच इरशाद नाम के ८० वर्षीय बूढ़े का भी है, जो तैमूर ऐण्ड बार्टले का हिस्सेदार है और जब उसे तैमूर की असली सूरत का पता चलता है तो वह उसे क़ानून के हवाले करने के लिए अपनी हिकमतें अपनाता है। तैमूर की साज़िशों का पर्दाफ़ाश करने में कई बार इमरान पर भी ख़तरा खड़ा हो जाता है, लेकिन वह अपनी हँसोड़ तबियत के बल पर बच निकलता है।

तो आइए, देखें, कैसे हैं ये साँपों के शिकारी।

–नीलाभ

साँपों के शिकारी

१

तैमूर ऐण्ड बार्टले का दफ़्तर पूरी इमारत में फैला हुआ था। इस फ़र्म के अलावा इस इमारत में और किसी का कारोबार नहीं था, इसलिए यह इमारत 'कोबरा मैन्शन' के नाम से मशहूर हो गयी थी। वैसे इसका नाम कुछ और था।

तैमूर ऐण्ड बार्टले की फ़र्म साँप की खालों का व्यापार करती थी....कारोबार बहुत बड़ा था। दफ़्तर में दर्जनों क्लर्क थे, हर डिपार्टमेंट के मैनेजर अलग-अलग थे और उनकी संख्या बारह से किसी तरह कम नहीं थी....तीन दर्जन शिकारी थे....जिनके ज़िम्मे साँपों को लाने का काम था....लेकिन ये सपेरे नहीं थे....और न यह मानते थे कि बीन सुन कर साँप झूमने लगते हैं। ये पढ़े-लिखे लोग थे और साँपों के शिकार के सिलसिले में उनका काम करने का तरीक़ा साइण्टिफ़िक होता था। उन्हें बड़ी-बड़ी तनख़्वाहें मिलती थीं और उनकी ज़ाहिरी हालत देख कर कोई नहीं कह सकता था कि उनका पेशा इतना नीच और गन्दा होगा।

'कोबरा मैन्शन' का हॉल फ़र्म का शो-रूम था। यहाँ न सिर्फ़ सैकड़ों क़िस्म के साँपों की खालें मौजूद थीं, बल्कि कई

क़िस्म के ज़िन्दा साँप भी थे। हफ़्ते में दो दिन यह शो–रूम पब्लिक म्यूज़ियम बन जाया करता था, यानी हफ़्ते में दो दिन हर आदमी किसी रोक–टोक के बग़ैर वहाँ जा सकता था....

आज इतवार था, और 'कोबरा मैन्शन' के उस बड़े हॉल में तिल धरने की भी जगह नहीं थी। आज कुछ विदेशी साँप नुमाइश के लिए रखे गये थे, जिनमें दक्षिणी अमरीका के जाराकाका....और अफ़्रीक़ा के ब्लैक माम्बा भी थे।

राज़िया सिर्फ़ उन्हीं दो क़िस्मों के साँप देखने के लिए यहाँ आयी थी, वरना और सब तो उसके देखे हुए थे....उसे साँप बहुत अच्छे लगते थे....उसके पास सैकड़ों क़िस्म के साँपों की तस्वीरें थीं और उसके ज़ेहन पर भी साँप सवार थे। वह जब भी आँखें बन्द करती, उसे एक साथ हज़ारों साँपों की कुलबुलाहट महसूस होने लगती....उसे ख़्वाब में साँप दिखते....जब वह सोने के लिए पलँग पर लेटती तो उसे ऐसा लगता जैसे उसके सारे जिस्म पर ठण्डे–ठण्डे साँप रेंगते फिर रहे हों। लेकिन इससे उसे डर नहीं लगता था, बल्कि वह एक अजीब क़िस्म का सुकून और इत्मीनान महसूस करती....इस पर ख़ुद उसे भी हैरत थी।

वह काफ़ी देर तक 'कोबरा मैन्शन' के शो–रूम में रही....वह उन साँपों में इतना खो गयी थी कि उसे पाँच बजने की भी ख़बर न हुई। हालाँकि यह वक़्त उसकी ज़िन्दगी में अहमियत रखता था....वह जहाँ कहीं भी होती, रोज़ाना ठीक पाँच बजे शाम को उसका 'इरशाद मंजिल' पहुँचना ज़रूरी था....रात उसे वहीं गुज़ारनी पड़ती थी....

बूढ़ा इरशाद उसका दादा था....करोड़ों की दौलत का

मालिक। उसके तीन बेटे थे, लेकिन उनमें से कोई भी 'इरशाद मंजिल' में क़दम नहीं रख सकता था....यहाँ तक कि ख़ुद राज़िया का बाप भी नहीं। उनका परिवार बहुत बड़ा था....लेकिन राज़िया के अलावा और कोई भी बूढ़े इरशाद से क़रीब नहीं था....इरशाद उसे बहुत पसन्द करता था....और वह भी उसका बहुत ज़्यादा ख़याल रखती थी....लेकिन यह ड्यूटी उसे भी बहुत खलती थी....चाहे जो कुछ हो, उसका पाँच बजे शाम को बूढ़े इरशाद के पास पहुँचना बहुत ज़रूरी था।

आज साढ़े पाँच बजे पहुँची। इरशाद झुँझलाया हुआ था। उसे देखते ही बरस पड़ा....

"मैंने अभी तक चाय नहीं पी!" वह ग़ुर्राया। "तुम जानती हो कि मैं ठीक सवा पाँच बजे चाय पीता हूँ और तुम हर हाल में मेरे साथ होती हो...."

"जी....वह मेरी....एक सहेली....!"

"सहेली....? मुझसे ज़्यादा थी....?"

"जी....वह....देखिए....!"

"कुछ नहीं....? जाओ....अब यहाँ तुम्हारी ज़रूरत नहीं है....?" इरशाद ने कहा लेकिन उसकी आवाज़ में इल्ज़ाम की बजाय शिकवे का पुट ज़्यादा लग रहा था।

"दादा जान....आप तो समझते नहीं....वह मेरी....सहेली!"

"मैंने अभी चाय नहीं पी....?"

"तो मैं मँगवाती हूँ चाय....!" राज़िया कमरे से चली

गयी....''

इरशाद की उम्र अस्सी से कम नहीं थी। दुबला-पतला पिलपिले जिस्म का आदमी था....चेहरे पर क़ई गहरी झुर्रियाँ थीं....लेकिन वह रोज़ाना शेव करने का आदी था। लोग उसे झक्की समझते थे....'इरशाद मंजिल' में वह अकेला रहता था। परिवार के दूसरे लोग शहर के अलग-अलग हिस्सों में रहते थे। उनका सरपरस्त इरशाद ही था, लेकिन उन्हें 'इरशाद मंजिल' में क़दम रखने की इजाज़त नहीं थी। इसकी वजह ख़ुद उन लोगों को भी नहीं मालूम थी।

'इरशाद मंजिल' एक बहुत बड़ी बिल्डिंग थी और शायद शहर की सबसे ख़ूबसूरत इमारतों में उसका शुमार होता था। वहाँ एक-दो नहीं, बल्कि पूरे पन्द्रह नौकरों की फ़ौज रहती थी....ढेरों पालतू परिन्दे थे....दर्जनों बिल्लियाँ थीं....और उतने ही ख़रगोश और कभी-कभी राज़िया यह समझने लगती थी कि वह भी उन्हीं पालतू जानवरों में से एक है। यह ख़याल उसके दिमाग़ में इरशाद के बरताव से पैदा होता था। वह उसे एक छोटी-सी बच्ची समझता था और उसे अपनी मर्ज़ी का पाबन्द बनाये रखना चाहता था....उसकी ज़रा-ज़रा-सी बातों की टोह में रहता....और उस वक़्त तो राज़िया को सचमुच ग़ुस्सा आ जाता, जब वह उसका बैग टटोलने लगता। उसे खोल कर उसमें रखी हुई चीज़ें उलट-पलट डालता।

इस वक़्त भी वह यही हरकत कर रहा था। राज़िया चाय के लिए उसके कमरे से चली गयी और वह मेज़ से उसका बैग उठा कर उसे खोल रहा था।

अचानक उसके मुँह से एक हल्की-सी चीख़ निकली

और वह बैग को पैर से झटक कर कुर्सी समेत दूसरी तरफ़ उलट गया....

उस बैग से एक छोटा-सा साँप निकल कर ज़मीन पर लहरें ले रहा था....

बूढ़ा इरशाद बड़ी फुर्ती से ज़मीन से उठा....लेकिन न तो उसने शोर मचाया और न किसी को अपनी मदद के लिए आवाज़ दी।

साँप की रफ़्तार में तेज़ी नहीं थी, वह धीरे-धीरे ज़मीन पर रेंग रहा था....इरशाद ने अपनी सैर करने वाली छड़ी से आसानी से उसका सिर कुचल दिया। थोड़ी देर बाद वह फिर आराम से उसी कुर्सी पर बैठा कुछ सोच रहा था....राज़िया का बैग उसने वहीं रख दिया था जहाँ से उठाया था।

लगभग दस मिनट बाद राज़िया ख़ुद ही चाय की ट्रे अपने हाथों पर उठाये हुए कमरे में दाख़िल हुई....

इरशाद ने अपनी कुर्सी, मेज़ की तरफ़ खिसका ली....अचानक राज़िया की नज़र मरे हुए साँप पर पड़ी....वह चाय की ट्रे रख चुकी थी।

"अरे....यह साँप!"

बूढ़ा उसे घूरने लगा....लेकिन राज़िया के चेहरे पर हैरत के आसार थे....

"यह यहाँ!"

"फिर! फिर उसे कहाँ होना चाहिए था?" इरशाद ने धीरे से पूछा।

"मैं क्या जानूँ....मेरा मतलब यह है कि....यह यहाँ कमरे में था....!"

"मैंने उसे मार डाला....!" इरशाद उसका चेहरा ग़ौर से देखता हुआ बोला।

"मगर यह कैसे आया....!"

"तुम लायी थीं!" इरशाद बराबर उसके चेहरे पर नज़र जमायह रहा। राज़िया हँसने लगी....लेकिन इरशाद की संजीदगी में थोड़ा-सा भी फ़र्क़ नहीं आया।

"मैं उसे स्पिरिट में रखूँगी। यह कितना ख़ुशरंग है...."

राज़िया ने इरशाद के लिए चाय उँडेलते हुए कहा

दोनों थोड़ी देर तक ख़ामोशी से चाय पीते रहे, फिर इरशाद ने कहा–

"तुम मुझसे तंग आ गयी हो....क्यों?"

"नहीं तो....यह आप क्या कह रहे हैं।"

"मैं....मैं महसूस कर रहा हूँ।"

"इस मामले में मैं आपसे लड़ जाऊँगी। आख़िर आप किस बिना पर ऐसा कह रहे हैं।"

"इसलिए कि मैं सचमुच तुम पर ज़ुल्म करता हूँ...."

"मैं तो ऐसा नहीं समझती। आख़िर आज आप यह झगड़ा क्यों ले बैठे हैं।"

"ज़रूरत के वास्ते.... आज मेरी ज़रा-सी ग़फ़लत मुझे मौत के घाट उतार देती....यह साँप तुम्हारे बैग में था।"

"नहीं!" राज़िया बौखला कर खड़ी हो गयी।

"बैठ जाओ....यह हक़ीक़त है....यह वाक़ई एक ग़लत बात है कि मैं तुम्हारे बैग में हाथ डाल दिया करता हूँ....!"

"अरे....दादा जान....ख़ुदा की क़सम!....मेरे फ़रिश्तों को भी पता नहीं।"

राज़िया का चेहरा पीला पड़ गया था और उसका सीना धौंकनी की तरह फूल-पिचक रहा था। वह बार-बार अपने सूखे होंटों पर ज़बान फेर रही थी।

"बैठ जाओ....चाय पियो!" इरशाद ने नर्म आवाज़ में कहा

राज़िया बैठ गयी....लेकिन उसका सारा जिस्म काँप रहा था....इरशाद ने एक बार फिर उसे ग़ौर से देख कर पूछा। "यह साँप तुम्हारे बैग में किसने रखा होगा।"

"मैं....मैं....इसके बारे में कुछ नहीं जानती.... लेकिन....!"

"हाँ....लेकिन क्या....!"

"अभी मैंने....आपसे झूठ बोलने की कोशिश की थी....!"

"क्या?"

"मैं किसी सहेली के घर नहीं गयी थी....बल्कि मैं तैमूर ऐण्ड बार्टले के शो-रूम से सीधी यहाँ आयी हूँ।"

"वहाँ तुम क्यों गयी थीं?"

"मम....मुझे साँपों में दिलचस्पी है...."

"मैं जानता हूँ।"

"घर से जब मैं चली हूँ तो....मुझे यक़ीन है कि मेरे वैनिटी बैग में साँप नहीं था...क्योंकि मैंने रास्ते में भी एक जगह उसे खोला था।"

"शो-रूम में तुम्हारे साथ और कौन था?"

"कोई भी नहीं! मैं अकेले गयी थी। मुझे ख़बर मिली थी कि वहाँ आज दो बिलकुल नये क़िस्म के साँप नुमाइश के लिए रखे जायेंगे।"

इरशाद थोड़ी देर तक कुछ सोचता रहा....फिर बोला, "मेरी इस बुरी आदत को सभी लोग जानते होंगे कि मैं तुम्हारा बैग खोल कर देखा करता हूँ।"

"जज....जी....हाँ....!"

"तुमने शिकायत के वास्ते....लोगों को बताया होगा....!"

"ओह....वह....देखिए....!"

"मैं बुरा नहीं मानता....सिर्फ़ यह जानना चाहता हूँ कि कुछ लोग इसे जानते हैं या नहीं।"

"सिर्फ़ घर वाले...."

"घर से मतलब सिर्फ़ तुम्हारा घर है न....या जव्वाद और अमजाद के घर वाले भी जानते हैं?

"जी हाँ! उन्हें भी मालूम है।"

इरशाद एक लम्बी साँस ले कर कुर्सी पर बैठ गया....

वह छत की तरफ़ देख रहा था और उसके चेहरे की

झुर्रियाँ कुछ और ज़्यादा गहरी मालूम होने लगी थीं।

"दादा जान! आप यक़ीन कीजिए....!"

"मैं यह नहीं कहता कि यह हरकत तुम्हारी है....!" बूढ़े इरशाद ने धीरे से कहा....!

"आपने यह क्यों पूछा था कि बैग के बारे में कौन-कौन जानता है....!"

"मैं फिर यही कहता हूँ कि यह हरकत तुम्हारी नहीं हो सकती...."

"तो इसका यह मतलब है कि आप ख़ानदान के किसी दूसरे पर शक कर रहे हैं।"

"क्यों न करूँ....क्या आदमी की हैसियत दौलत से ज़्यादा होती है...."

"ओहो!" अचानक राज़िया का चेहरा लाल हो गया! "तब तो यह हरकत मेरी भी हो सकती है।"

"नहीं, तुम ऐसा नहीं कर सकतीं। मुझे यक़ीन है।"

"इसीलिए आप ख़ानदान वालों को यहाँ नहीं रखते।" राज़िया ने पूछा। उसकी आवाज़ में तल्ख़ी थी और चेहरे से साफ़ ज़ाहिर हो रहा था कि उसे अचानक ग़ुस्सा आ गया है।

"हाँ, इसकी वजह यही है।"

"फिर आपको मुझ पर इतना भरोसा क्यों है।"

"बस, यूँ ही....!"

"न होना चाहिए....अब मैं यहाँ कभी न आऊँगी। कभी

नहीं। मैं ग्रैजुएट हूँ और अपनी रोज़ी ख़ुद कमा सकती हूँ।"

"मैं इसीलिए तुम्हें पसन्द करता हूँ। इसीलिए मुझे तुम पर भरोसा है।" बूढ़ा इरशाद मुस्कुरा कर बोला। "तुम मेरी ख़ुशामद नहीं करतीं....ईमानदारी से काम लेती हो...."

"लेकिन मैं इसे बर्दाश्त नहीं कर सकती कि आप वालिद साहब पर किसी क़िस्म का शक करें।"

"इससे मेरी अपनी पसन्द पर कोई असर नहीं पड़ सकता।"

"बहरहाल, आप खुले हुए अलफ़ाज़ में वालिद साहब पर अपना शक ज़ाहिर कर रहे हैं।"

इरशाद कुछ नहीं बोला....वह ख़ामोशी से चाय पी रहा था और राज़िया की चाय ठण्डी हो चुकी थी....उसने अभी तक एक घूँट नहीं पी थी।

इरशाद ख़यालों में खोया हुआ था। उसने उसकी तरफ़ ध्यान नहीं दिया...

"फिर अब मेरी यहाँ क्या ज़रूरत है।" राज़िया उठते हुए बोली। "क्योंकि साँप के बच्चे सँपोलिए कहलाते हैं! वालिद साहब अगर आपको ख़त्म करके कोई फ़ायदा उठाना चाहते हैं तो इसमें मेरा भी हिस्सा होगा....और दौलत के बारे में अभी आप ही ख़याल ज़ाहिर कर चुके हैं।"

"तुम हर बात में मेरी माँ की तरह हो!" इरशाद ने उसके हाथ-पर-हाथ रख कर आगे की तरफ़ झुकते हुए कहा "वही सूरत-शक्ल....वही बात करने का तरीक़ा, वैसा ही मिज़ाज, फिर बताओ....मगर तुम क्या जानो। इस बात का तुम्हारे माँ-

बाप को भी पता नहीं है, कोई नहीं जानता....सिवा मेरे....!"

"कौन-सी बात....?"

"लेकिन मैं तुम्हें ज़रूर बताऊँगा! मुझे तुम पर अब भी भरोसा है।"

राज़िया हैरत से उसे देखती रही।

"आओ....मेरे साथ!" बूढ़ा इरशाद उठता हुआ बोला। "मैं तुम्हें कुछ दिखाना चाहता हूँ!"

वह उसे बिल्डिंग के एक हिस्से में लाया, जहाँ के ताले-लगे कमरों में किसी का गुज़र नहीं होता था। ख़ुद राज़िया भी नहीं जानती थी कि उनमें क्या है और वहाँ ताले क्यों लगा के रखे हैं।

इरशाद ने एक कमरे का ताला खोल कर दरवाज़े को धक्का दिया....कमरे में अँधेरा था। दरवाज़ा खुलते ही राज़िया ने कुछ इस क़िस्म की बू महसूस की जैसे वह कमरा सालों-साल से ताज़ा हवा से महरूम रहा हो....उसी बू में चमगादड़ों की बीट की बदबू भी शामिल थी।

थोड़ी देर बाद जब उसकी आँखें अँधेरे की आदी हो गयीं तो उसने देखा कि कमरे का फ़र्श धूल से अटा हुआ है और दीवारों पर भी धूल की काफ़ी मोटी तह मौजूद है। यहाँ उसे किसी क़िस्म का सामान नहीं दिखा....अलबत्ता सामने ही दीवार पर एक बड़ा-सा फ़्रेम था ओर उसके शीशे पर इतनी धूल जमी हुई थी कि वह बिलकुल गन्दा हो कर रह गया था।

फिर उसने इरशाद को शीशे की धूल साफ़ करते देखा....उस फ़्रेम में एक तस्वीर थी... लेकिन उस कमरे में

उसे अपने बाप नौशाद की तस्वीर देख कर बड़ी हैरत हुई। आख़िर यह तस्वीर कमरे में क्यों लगायी गयी।

"यह कौन है?" इरशाद ने राज़िया की तरफ़ मुड़ कर पूछा।

"आख़िर इससे आपका क्या मक़सद है।" राज़िया ने उकताये हुए अन्दाज़ में कहा

"यह किसकी तस्वीर है?" इरशाद ने फिर पूछा।

"अब क्या मैं वालिद साहब को भी नहीं पहचानूँगी।" राज़िया ने बेदिली से कहा

"ख़ूब ग़ौर से देखो....!"

"देख रही हूँ?....तो फिर क्या आप यह कहना चाहते हैं कि यह वालिद साहब की तस्वीर नहीं है।"

"हाँ, मैं यही कहना चाहता हूँ!" इरशाद मुस्कुरा कर बोला।

"तब फिर मुझे समझना चाहिए कि आज आप मुझे चिढ़ाने पर तुल गये हैं।"

"नहीं, नन्हीं बच्ची!" इरशाद ने संजीदगी से कहा, "यह नौशाद नहीं है....! यह मेरे एक चचा की तस्वीर है....और मेरे तीनों लड़के नौशाद, जव्वाद और अमजाद इससे काफ़ी मेल खाते हैं और तुम्हारा बाप तो हू-ब-हू इसी की नक़ल है।"

राज़िया आगे झुक कर ग़ौर से तस्वीर की तरफ़ देखने लगी....उसके चेहरे पर हैरानी थी। अगर तस्वीर के जिस्म पर पुराने ज़माने का पहनावा न होता तो वह अपने दादा की बात

पर कभी यक़ीन न करती....लेकिन अब भी उसे शक था। उसकी जानकारी में पुराने क़िस्म के कपड़े इस ज़माने में मुहैया करना मुश्किल तो नहीं था....क्योंकि वह ज़्यादातर ड्रामों और फ़िल्मों में सैंकड़ों साल पहले के कपड़े देख चुकी थी....वह कुछ पल ख़ामोश रही फिर उसने इरशाद से कहा–

"अगर मैं मान भी लूँ....तो फिर....!"

"तो फिर....मैं कहूँगा कि इसी शक्ल की वजह से मैं अपने तीनों लड़कों से दूर ही रहना पसन्द करता हूँ।"

राज़िया को पूरी बात जानने का शौक़ बढ़ गया। उसने कहा "मैं कुछ नहीं समझी।"

"मैं अभी समझाता हूँ।" इरशाद ने दरवाज़े की तरफ़ बढ़ते हुए कहा। वे दोनों उस कमरे से निकल आये....इरशाद ने उसमें फिर ताला लगा दिया....फिर इरशाद ने कहा, "तुम यहीं ठहरो....टॉर्च के बग़ैर काम नहीं चलेगा....मैं टॉर्च ले कर आता हूँ...."

वह राज़िया को वहीं छोड़ कर चला गया। आज उस बूढ़े पर राज़िया को शक हो रहा था।

थोड़ी देर बाद इरशाद वापस आ गया....उसके हाथ में टॉर्च थी....उसने बराबर के दूसरे कमरे का ताला खोला....उस कमरे में अँधेरा, गन्दगी और बदबू ही का राज था....लेकिन राज़िया को यहाँ कुछ भी नहीं दिखा।

इरशाद उससे कह रहा था। "तुम हर मामले में बिलकुल अपनी परदादी ही की तरह हो। मुझे उम्मीद है कि उन्हीं की तरह एक मज़बूत किरदार की मालिक होगी।"

"क्या अब आप....कोई बहुत डरावनी चीज़ सामने लाना चाहते हैं?" राज़िया ने पूछा।

"हाँ....बात कुछ ऐसी ही है....मैं आज तुम्हें सब कुछ बता देना चाहता हूँ। यह राज़ मेरे अलावा और कोई नहीं जानता....लेकिन तुम उसे हमेशा राज़ ही रखोगी। हमेशा....मुझे यक़ीन है कि तुम अपनी परदादी ही की तरह अच्छा कैरेक्टर रखती हो।"

"ठीक है, मैं राज़ को राज़ ही रखूँगी....मुझे बताइए...."

"अच्छा....ठहरो....!" इरशाद ने कमरे के एक कोने की तरफ़ बढ़ते हुए कहा

राज़िया वहीं खड़ी रही....कोने में पहुँच कर इरशाद ने फ़र्श की धूल साफ़ की और फिर राज़िया को ऐसा लगा कि जैसे उसने किसी सन्दूक़ का ढक्कन उठाया हो.....फ़र्श में एक चौकोर-सी ख़ाली जगह दिख रही थी जिसकी लम्बाई-चौड़ाई एक फ़ुट से ज़्यादा न रही होगी....इरशाद ने झुक कर उस ख़ाली जगह में टॉर्च की रोशनी डाली....और थोड़ी देर उसी हालत में रहा फिर राज़िया की तरफ़ मुड़ कर बोला।

"आओ....डरो नहीं....!"

राज़िया लड़खड़ाते हुए क़दमों से आगे बढ़ी। बूढ़े इरशाद के रवैये ने उसे सचमुच डरा दिया था।

"आओ....देखो! यह एक तहख़ाना है...."

राज़िया उसमें झाँकने लगी....वह कुछ पलों तक आँखें फाड़ती रही, लेकिन उसकी समझ में कुछ भी न आया....टॉर्च की रोशनी काफ़ी गहराई में किसी ऐसी चीज़ पर पड़ रही थी

जो ख़ुद से साफ़ नहीं दिख रही थी....लेकिन फिर जल्द ही उसके चेहरे पर पसीना फूट आया....और गला सूखने लगा....जिस चीज़ पर टॉर्च की रोशनी पड़ रही थी, वह किसी आदमी की हड्डियों का ढाँचा था।

"देख चुकीं...?" अचानक इरशाद ने पूछा....राज़िया को ऐसा लगा जैसे उसकी आवाज़ बहुत दूर से आयी हो....

"जी हाँ!" उसने मरी हुई आवाज़ में जवाब दिया।

"क्या देखा....?"

"हड....हड्डियों....का ढाँचा!" राज़िया थूक निगल कर बोली।

"ठीक, बस आओ...." इरशाद उसे एक तरफ़ हटा कर छेद का ढक्कन बन्द करता हुआ बोला। थोड़ी देर बाद वे कमरे के बाहर आ गये। इरशाद ने उसमें ताला लगा दिया....और वे फिर वापस आ गये।

राज़िया का चेहरा पीला पड़ गया था और आँखों में डर दिखने लगा था। दोनों काफ़ी देर तक ख़ामोश बैठे रहे। बूढ़ा इरशाद ख़यालों में खोया हुआ था....पीले रंग के ढीले-ढाले कपड़े में उसका छोटा-सा झुर्रियाया हुआ चेहरा पूरी तरह से भेद-भाव मालूम हो रहा था।

"मैं जो कुछ भी कहने जा रहा हूँ, वह राज़ हमेशा तुम्हीं तक रहेगा।" उसने कुछ देर बाद भर्रायी हुई आवाज़ में कहा

"मैं वादा करती हूँ....आप इत्मीनान रखिए...." राज़िया का शौक़ और ग़ुस्सा अब बहुत ज़्यादा बढ़ गया था।

"सुनो....वह मेरे दादा की हड्डियों का ढाँचा था।"

राज़िया के होंट हिले, लेकिन आवाज़ न निकली, वह हैरत से बूढ़े इरशाद को घूर रही थी।

"इसी ज़मीन पर आज से पैंसठ साल पहले एक बहुत बड़ी ट्रैजिडी हुई थी और वह आज भी एक बहुत बड़ी ट्रैजिडी है....सिर्फ़ पचास रुपयों की बात थी....मेरे ख़ुदा....मैं आज भी याद करता हूँ तो मेरे रोंगटे खड़े हो जाते हैं।"

"जल्दी से कह डालिए....मुझे घबराहट होने लगी है।" राज़िया ने कहा

बूढ़ा कुछ पल ख़ामोश रहा फिर उसने कहा, "अभी तुम जिसकी तस्वीर देख चुकी हो...उसने मेरे दादा....यानी अपने बाप को सिर्फ़ पचास रुपयों के लिए क़त्ल कर दिया था....और वह लाश आज तक बग़ैर कफ़न-दफ़न के पड़ी है....ख़ुदा मुझे और सबको माफ़ करे....मुझमें इतनी हिम्मत नहीं कि उन हड्डियों को वहाँ से निकाल कर दफ़ना सकूँ....मेरा बाप भी हिम्मत हार गया था।" बूढ़ा इरशाद ख़ामोश हो गया।

"लेकिन वो हड्डियाँ बग़ैर कफ़न-दफ़न के क्यों हैं?" राज़िया ने नाराज़गी के अन्दाज़ में पूछा। "मुझे पूरा वाक़या बताइए...."

"चचा को पचास रुपयों की ज़रूरत थी....वह अच्छा आदमी नहीं था। किसी बुरे काम में ख़र्च करने के लिए उसे रुपयों की ज़रूरत थी....वह शराब के नशे में था....दादा साहब ने न सिर्फ़ इनकार किया, बल्कि उसे बुरा-भला भी कहा। वहीं दीवार पर एक कुल्हाड़ी टँगी हुई थी....चचा ने ग़ुस्से में आ

कर उसी कुल्हाड़ी से उन पर हमला कर दिया....लगातार तीन-चार वार किये और वो वहीं ठण्डे हो गये। फिर वह कमीना फ़रार हो गया और उस दिन से आज तक उसकी ख़बर ही नहीं मिली....वालिद साहब और मेरे सबसे छोटे चचा घर ही में मौजूद थे। जितनी देर में वो वहाँ पहुँचते, सब कुछ हो चुका था....घर में उस वक़्त सिर्फ़ तीन आदमी थे। मेरी माँ, वालिद साहब और छोटे चचा। मैं मौजूद नहीं था....तुम यक़ीन जानो चालीस साल की उम्र तक मुझे यह क़िस्सा मालूम नहीं हो सका। वजह यह हुई कि दादा साहब उसी दौरान हज के लिए जाने वाले थे....जब मैं घर आया तो मुझे बताया गया था कि वे हज के लिए चले गये। सब यही जानते थे कि वे हज के लिए गये हैं। मगर हक़ीक़त यह थी कि वालिद साहब और छोटे चचा ने मिल कर उनकी लाश तहख़ाने में डाल दी थी। वे नहीं चाहते थे कि ख़ानदान बदनाम हो, क्योंकि हमारा ख़ानदान सदियों से इज़्ज़तदार समझा जाता रहा था। बहरहाल, कुछ दिनों बाद दादा साहब के लिए यह मशहूर कर दिया गया कि उनका बैतुल्लाह शरीफ़ में इन्तक़ाल हो गया। रह गया। गुमशुदा चचा के मामले की तरफ़ किसी ने ध्यान भी न दिया, क्योंकि वह एक आवारा आदमी था। वैसे भी महीनों घर में उसकी शक्ल नहीं दिखाई देती थी।"

"लेकिन....!" राज़िया ने थूक निगल कर कहा, "लाश यूँ ही क्यों पड़ी रह गयी....?"

"ओह....फिर किसी की हिम्मत ही नहीं पड़ी कि वह उस तहख़ाने में उतरता....वालिद साहब ने मुझे उसके बारे में उस वक़्त बताया जब मैं चालीस साल का था, यानी आज से

चालीस साल पहले....लेकिन मैं तुमसे क्या बताऊँ....मुझमें भी इतनी हिम्मत नहीं कि तहख़ाने में उतर कर उन हड्डियों को ख़ाक के हवाले कर दूँ।"

कुछ देर के लिए कमरे में ख़ामोशी छा गयी।

फिर बूढ़ा बोला। "जब तक यह बात मुझे मालूम नहीं हुई थी....मैं अपने बच्चों पर जान देता था....लेकिन जब....यह वाक़या मालूम हुआ....मुझे उन तीनों से वहशत होने लगी। वालिद साहब की ज़िन्दगी तक वे मेरे साथ रहे....फिर मैंने उन्हें अलग कर दिया....!"

"आख़िर उनका क्या क़सूर था?" राज़िया ने पूछा।

"चचा....से हमशक्ली की वजह से मुझे उनसे वहशत होती है....तुम्हारे बाप से तो ख़ास तौर पर...."

"तो क्या आप समझते हैं.... वह भी हमशक्ली होने की वजह से आपसे वही बर्ताव करेंगे?"

"मैं जानता हूँ कि यह एक ग़लत ख़याल है....मगर मैं क्या करूँ....और अब तो मुझे और ज़्यादा होशियार रहना पड़ेगा। आख़िर वह साँप तुम्हारे बैग में कहाँ से आया था, मुझे बताओ...!"

राज़िया कुछ न बोली....उसके पास इस बात का कोई जवाब नहीं था....हालात को मद्देनज़र रखते हुए वह यही सोच सकती थी कि साँप किसी ने घर ही में रखा होगा। लेकिन उसे अच्छी तरह याद था कि वह घर से रवाना हो कर 'कोबरा मैन्शन' जाने से पहले एक रेस्तराँ में गयी थी और वहाँ उसने पेमेंट करने के लिए अपना बैग भी खोला था....फिर क्या 'कोबरा

मैन्शन' में किसी ने यह हरकत की थी? मगर वहाँ तो बैग उसके हाथ ही में रहा था....हो सकता है कि किसी ने इसके बावजूद हाथ की सफ़ाई दिखायी हो....मगर वह उसका बाप या कोई चचा हरगिज़ नहीं हो सकता था।

"क्या सोचने लगीं?" इरशाद ने पूछा।

"उसी साँप के बारे में..."

"मत सोचो....मुझे यक़ीन है कि यह हरकत तुम्हारी नहीं हो सकती।"

"मगर दादा जान! मैं अपने बाप या किसी चचा पर भी शक नहीं कर सकती।"

"ख़त्म करो, इन बातों को!" बूढ़ा हाथ हिला कर बोला। "मैं अपनी मौत से पहले नहीं मर सकता।"

"अगर यही ख़याल है....तो फिर आपने उन लोगों को अलग क्यों कर दिया है?"

"तुम्हारी बहस मुझे तंग कर डालती है। मैंने अलग कर दिया....मेरी मर्ज़ी, मेरा जो दिल चाहेगा करूँगा....!"

"बहरहाल, मैं अब यहाँ नहीं रहूँगी।"

"क्या?" बूढ़ा आँखें निकाल कर बोला। "तुम मुझे अकेले नहीं छोड़ सकतीं। मैं अपनी औलादों में तुम्हें सबसे ज़्यादा पसन्द करता हूँ। तुम नहीं जा सकतीं।"

राज़िया ख़ामोश बैठी रही, लेकिन उसके चेहरे पर बेज़ारी छायी हुई थी।

२

कैप्टन फ़ैयाज़ ने जैसे ही कमरे में क़दम रखा। इमरान सिर पीटने लगा.....फ़ैयाज़ ने इसकी परवाह न की....आगे बढ़ कर उसके दोनों हाथ पकड़ लिये और दाँत पीस कर बोला। "तुम बेकार में एक-न-एक धमाका छोड़ कर हमेशा अलग हो जाते हो।"

"धमाका ख़ुद-ब-ख़ुद छूटता है, प्यारे फ़ैयाज़!" इमरान ने संजीदगी से कहा, "शायद तुम तैमूर ऐण्ड बार्टले वाली बात की तरफ़ इशारा कर रहे हो....बैठ जाओ....आज मेरे सिर में बहुत दर्द है, इसलिए मैं कोई मेहनत नहीं कर सकता।"

"मेरा मूड बहुत ख़राब है....अगर तुमने ऊटपटाँग बातें शुरू कीं तो मार बैठूँगा।"

"मैं आजकल तिलस्मे हातिमताई की आठवीं क़िस्त लिख रहा हूँ....बैठो....बैठो....मैं तुम्हें कुछ टुकड़े खिलाऊँ.... अर्र....सुनाऊँगा....!"

"इमरान....!"

"येस माई डियर सुपर फ़ैयाज़.... यह टुकड़ा बड़े ग़ज़ब

का है....आना हुदहुद मुरस्सापोश का तरफ़ कोहे-चक़माक़ के और....यहाँ से दो कलमिया दास्तान....वल्द साक़ीनामा.... मासिल बाक़ी नवीस, अरे बाप रे....!"

फ़ैयाज़ ने उठ कर उसका मुँह दबा दिया....

"तुम बेकार में मुझसे न उलझो, वरना....!" फ़ैयाज़ बड़बड़ाया....

"वरना क्या होगा...." इमरान ने अपने मुँह पर से उसका हाथ हटाते हुए कहा

"मैं तुम्हें किसी मुसीबत में फँसा दूँगा....तुमने नीले परिन्दों वाले मामले में एक बहुत बड़ा फ़रेब किया था...."

"क्या मतलब....?"

"तुमने होम सेक्रेटरी का जो सर्टिफ़िकेट दिखाया था, जाली था।"

"आज समझे हो यह बात!" इमरान ने ठहाका लगाया। "मगर प्यारे कप्तान साहब! तुम मेरा कुछ नहीं बिगाड़ सकते...."

"चलो छोड़ो! मैं किसी से इसका ज़िक्र नहीं करूँगा...."

"इस तरह तुम ख़ुद अपने ऊपर एक बड़ा एहसान करोगे।" इमरान ने धीरे से कहा

"आख़िर तुम तैमूर ऐण्ड बार्टले के बारे में साफ़-साफ़ क्यों नहीं बताते?"

"साफ़-साफ़....यह उसी वक़्त बता सकूँगा जब मुझे साफ़-साफ़ मालूम हो जाये....वैसे वह लोग कोई ग़ैरक़ानूनी हरकत ज़रूर कर रहे हैं।"

"उसका कोई तरीक़ा ही बता दो।"

"यहाँ से दो कलमिया दास्तान हैरत निशान फ़ैयाज़ ख़च्चर सवार के बयान किये जाते हैं कि पहलवान ज़बर्दस्त था....मार खाना उसके हाथ से इमरान साहब क़ुर्आन आलीशान के....और रोना सिर पीट-पीट कर....हिप!"

"तुम गधे हो....!" फ़ैयाज़ झुँझला गया।

"यही बात तुमने पहले कह दी होती तो इतना सिर न मारना पड़ता।"

"परसों....! तैमूर ऐण्ड बार्टले के शो-रूम में तुम भी थे....तुमने दो या तीन मिनट तक वहाँ इरशाद की पोती राज़िया से बातचीत भी की थी....क्यों....? क्या मैं ग़लत कह रहा हूँ.... राज़िया तुम्हारी बहन सुरैया की दोस्त है।"

"हाँ, हाँ! तो फिर?"

"तुम यह मानते हो कि वह तुम्हें वहाँ मिली थी।"

"बिलकुल...." इमरान ने कहा और जेब में च्यूइंगम का पैकेट तलाश करने लगा।

"तब फिर तुम्हें मेरे कुछ सवालों का जवाब देना पड़ेगा।"

"सवाल लिख कर लाओ....पर्चा ढाई घण्टे से कम न होना चाहिए....सात में पाँच सवाल ज़रूरी हों। फ़ारिग़ख़ती.... अर्र....क्या कहते हैं....उसे ख़ुशक़िस्मती....अर्र....नहीं....क्या कहते....ख़ुशख़ती....ख़ुशख़ती....के नम्बर अलग।"

"जब तुम उससे मिले थे तो उसका बैग उसके हाथ में था या नहीं।"

"नहीं, बैग तो नहीं था। अलबत्ता, उसने अपने गले में कई झोलियाँ लटका रखी थीं।"

"इमरान, मैं तुमसे संजीदगी अपनाने की गुज़ारिश करूँगा।"

"क्या फ़ायदा!" इमरान सिर हिला कर बाला। "अगर मैं संजीदा हो गया तो तुम कमरे के बाहर नज़र आओगे....या फिर इस क़ाबिल न रह सकोगे कि नज़र आ सको....!"

"मेरे सवाल का जवाब दो!" फ़ैयाज़ दाँत पीस कर बोला।

"च्च च्च!" इमरान ने सलाह देते हुए कहा, "इसी क़िस्म की बदएहतियाती की बिना पर दाँत कमज़ोर हो जाते हैं। आँखों के सामने नीली-पीली चिनगारियाँ उड़ती हैं, सिर चकराता है....और अक़्ल काम नहीं करती कि किस दवाख़ाने से सम्पर्क किया जाये ताकि ईमान-धरम से कह देने पर आधी क़ीमत वापस मिल जाये....!"

"अच्छा, तुम भुगतोगे...." फ़ैयाज़ उठ कर दरवाज़े की तरफ़ बढ़ता हुआ बोला।

"भुगतने ही के डर से मैंने अभी तक शादी नहीं की।"

"उसके बैग में साँप था।" फ़ैयाज़ ने दरवाज़े के पास रुक कर इमरान की तरफ़ मुड़ते हुए कहा

"बड़ी कम हिम्मत वाली लड़की मालूम होती है।" इमरान ने लापरवाही से कहा, "अगर मैं लड़की होता तो मेरे बैग से कम-से-कम एक हाथी ज़रूर बरामद होता....इल्ला माशा अल्लाह....!"

"इमरान मैं तुम्हें दफ़्तर में बुला कर तुम्हें इन सवालों के जवाब पर मजबूर करूँगा।"

"जब तक तुम मुझे पूरी बात नहीं बताओगे, मुझसे कुछ भी मालूम नहीं कर सकोगे।"

फ़ैयाज़ फिर पलट आया....कुछ पल ख़ामोश बैठा रहा....फिर बोला....

"इरशाद के बारे में जानते हो...."

"हाँ, मुशायरों में अकसर इरशाद से मेरी मुलाक़ात होती है, अच्छा शायर है।" इमरान ने संजीदगी से कहा....

"मैं शहर के मशहूर करोड़पति इरशाद की बात कर रहा हूँ।" फ़ैयाज़ झल्ला गया।

"तो ऐसे बोलो न....हाँ, मैंने उसका नाम सुना है....और उसकी पोती राज़िया को अच्छी तरह जानता हूँ, क्योंकि वह सुरैया की दोस्त है।"

"परसों उसके बैग से एक साँप बरामद हुआ था....बैग इरशाद ने खोला था....राज़िया को उसके बैग में साँप होने का पता नहीं था। और यह ख़ुद राज़िया ही का बयान है कि बूढ़ा अकसर उसका बैग खोल कर उसमें रखी हुई चीज़ें उलट-पलट डाला करता था।"

"बहुत अच्छी आदत है....!" इमरान सिर हिला कर बोला। "आजकल की लड़कियाँ न जाने क्या-क्या अपने बैगों में लिये फिरती हैं।"

"इरशाद का ख़याल था कि यह हरकत उसे मार डालने

के लिए की गयी थी। किसने की थी....यह अब तक नहीं मालूम हो सका।"

"कमाल है यार फ़ैयाज़....कहीं तुम्हें घास तो नहीं खा गयी। अभी तुम कह रहे थे कि साँप राज़िया के बैग से बरामद हुआ था।"

"वह नहीं जानती कि साँप उसके बैग में कैसे पहुँचा था।"

"फिर मैं क्या करूँ....!" इमरान अपने माथे पर हाथ मार कर बोला। "मेरा दिमाग़ क्यों चाट रहे हो?"

"वह तैमूर ऐण्ड बार्टले के शो-रूम में साँप देखने गयी थी....लेकिन तुम वहाँ मौजूद थे। तुम्हारा वहाँ क्या काम था....?"

"मैं वहाँ झक मार रहा था....तुमसे मतलब....?"

"तुम अभी पूरे हालात से आगाह नहीं हो।" फ़ैयाज़ ने बुरा-सा मुँह बना कर कहा, "वरना इस तरह न चहकते।"

"तो चहकना बन्द करा दो न....मेरा...." इमरान लापरवाही से बोला।

"परसों रात राज़िया अपने कमरे में सो रही थी....वह 'इरशाद मंजिल' ही में रात गुज़ारा करती है। उसके अलावा इरशाद के परिवार में से और कोई 'इरशाद मंजिल' में नहीं दाख़िल हो सकता....बहरहाल, वह वहीं रहती है। उसके और इरशाद के बेडरूम के बीच सिर्फ़ एक दीवार है....राज़िया सो रही थी....अचानक किसी क़िस्म की तेज़ आवाज़ ने उसे जगा

दिया....और फिर दूसरी चीख़ उसने जागने पर सुनी....वह सौ फ़ीसदी इरशाद की चीख़ थी। लगभग पाँच-छह मिनट तक वह पलँग पर चुपचाप पड़ी रही। इरशाद के कमरे से अब कुछ इस क़िस्म की आवाज़ें आ रही थीं जैसे कई आदमी लड़ पड़े हों....थोड़ी देर बाद बिलकुल सन्नाटा हो गया।"

"ख़ुदा का शुक्र है!" इमरान धीरे से बड़बड़ाया। फ़ैयाज़ के माथे पर लकीरें उभरीं, लेकिन वह इमरान से उलझे बग़ैर बोलता रहा...."राज़िया उठ कर सीधे नौकरों के क्वार्टर में गयी....और उन्हें जगा कर अपने साथ इरशाद के बेडरूम तक लायी जिसका दरवाज़ा खुला हुआ था... लेकिन बेडरूम ख़ाली था। इरशाद के बिस्तर पर बहुत-सा ख़ून था....पलँग के नीचे एक ख़ंजर मिला....वह भी ख़ून से लथपथ था।

सिरहाने की छोटी मेज़ उलटी पड़ी थी। दो कुर्सियाँ उलट गयी थीं। मतलब यह कि साफ़ मालूम हो रहा था कि वहाँ काफ़ी देर तक कशमकश हुई है....मगर....इरशाद का कहीं पता न था।"

इमरान कुछ न बोला। वह ग़ौर से फ़ैयाज़ की तरफ़ देख रहा था....

"इरशाद....अब भी लापता है....? राज़िया ने बहुत कुछ बताया है....हालाँकि ख़ुद अपना वजूद भी शक से ऊपर नहीं रखा...."

"उसने क्या बताया है....?" इमरान ने पूछा।

"यही कि इरशाद अपने तीनों लड़कों की तरफ़ से मुतमईन नहीं था....यही वजह उनके अलग रहने की भी थी....राज़िया

के अलावा और कोई 'इरशाद मंजिल' में नहीं जा सकता था।"

"उस लड़की पर उसे बहुत भरोसा था?"

"हाँ! उसका बयान यही है....!"

"तुम्हारा क्या ख़याल है?"

"मैं अभी तक कोई राय क़ायम नहीं कर सका।"

"जिस दिन तुम राय क़ायम करने के क़ाबिल हुए, उस दिन तुम्हारी बीवी बालिग़ हो जायेगी।"

"इमरान....! मैं तुमसे पूछता हूँ कि तुम वहाँ क्या कर रहे थे?"

"कहाँ! माई डियर फ़ैयाज़....!"

"तैमूर ऐण्ड बार्टले के शो-रूम में....!"

इमरान अचानक संजीदा हो गया। कुछ पल फ़ैयाज़ को घूरता रहा फिर बोला, "तुम मुझ पर किस बात का शक कर रहे हो।"

"मैं फ़िलहाल तुम पर किसी क़िस्म का शक नहीं कर रहा....सिर्फ़ यह पूछना चाहता हूँ कि तुम वहाँ क्या कर रहे थे?"

"वहाँ क़रीब-क़रीब डेढ़ सौ आदमी थे...." इमरान ने संजीदगी से कहा, "मैं उनसे मशवरा करने के बाद तुम्हारे इस सवाल का जवाब दूँगा।"

फ़ैयाज़ को फिर ग़ुस्सा आ गया। उसने ग़ुर्रा कर कहा। "तुम समझते हो शायद मैं इस केस में तुम्हारी मदद चाहता हूँ।"

"नहीं, मैं अच्छी तरह जानता हूँ कि तुम दूसरों का वक़्त बर्बाद करने के स्पेशलिस्ट हो।"

"तुम झक मार रहे हो।" फ़ैयाज़ कुर्सी से उठता हुआ बोला। "राज़िया के बैग से बरामद होने वाले साँप की वजह से मैंने तुमसे मिलना मुनासिब समझा, क्योंकि तुमने एक बार तैमूर ऐण्ड बार्टले वालों की ग़ैरक़ानूनी हरकतों का ज़िक्र किया था....राज़िया कहती है कि शो-रूम में जाने से पहले साँप बैग में नहीं था।"

"कहती होगी....मत बोर करो....जाओ, अपना काम देखो... मैं आजकल बहुत बिज़ी हूँ। इस वक़्त मेरे पास तलाक़ के बारह केस हैं। हर केस में कम-से-कम एक हज़ार मिलने की उम्मीद है।"

३

तैमूर ऐण्ड बार्टले का मैनेजिंग डायरेक्टर तैमूर अपने शानदार मकान के शानदार कमरे में बैठा अपनी फ़र्म के दो शिकारियों से बातचीत में मशग़ूल था। तैमूर दरअसल उस फ़र्म का हिस्सेदार था। दूसरा हिस्सेदार बार्टले था जो अंग्रेज़ था और ज़्यादातर समन्दर पार रह कर ही बाहरी तिजारत की देख-भाल करता था।

तैमूर लम्बे-चौड़े क़द का आदमी था। उम्र पचास के लगभग रही होगी। चेहरा अब भी पुरकशिश था।

"तुम दोनों!" वह शिकारियों से कह रहा था, "कभी-कभी बहुत आगे बढ़ जाते हो। मैं इसे पसन्द नहीं करता।" शिकारियों में से एक, जो जवान और मज़बूत हाथ-पैर वाला था, बोला, "आगे बढ़े बग़ैर अगर काम चल सके तो इसकी ज़रूरत ही क्या है....!"

"नहीं....अब तुम अपनी मर्ज़ी से कोई काम नहीं करोगे।" तैमूर की आवाज़ में कड़क थी।

"आप अपनी आवाज़ ठीक कीजिए, मिस्टर तैमूर...."

जवान शिकारी ने कहा

"क्या....?" तैमूर इस तरह चौंका जैसे उसके सिर पर बम फटा हो....कुछ पल उसके चेहरे पर हैरत के आसार दिखते रहे फिर वह अचानक लाल हो गया....

"तुमने मुझसे इस तरह की बात करने की हिम्मत कैसे की?" वह ग़ुर्राया।

"मिस्टर तैमूर!" जवान शिकारी मुस्कुरा कर बोला। "मैं बहुत ही हिम्मत वाला आदमी हूँ और मैं ज़िन्दगी भर इसी हैसियत में नहीं रहूँगा। हो सकता है....दस-पाँच साल बाद फ़र्म का नाम ही बदल जाये....लोग उसे तारिक़ तैमूर ऐण्ड बार्टले के नाम से याद करने लगें....पहले तो सिर्फ़ बार्टले की फ़र्म थी....मिस्टर तैमूर उसके एक मामूली नौकर थे। फिर एक दिन अचानक वे फ़र्म के हिस्सेदार हो गये....मैं....तारिक़....आज एक मामूली शिकारी हूँ....हो सकता है...."

"शट अप!" तैमूर पूरे गले से चीख़ा।

"मुझ पर इसका कोई असर नहीं हुआ मिस्टर तैमूर....!" तारिक़ बराबर मुस्कुराता हुआ बोला।

"तारिक़ बेतुकी बातें मत करो!" उसके साथ के शिकारी ने दबी ज़बान से कहा।

"तुम ख़ामोश रहो नासिर....!" तारिक़ ने उससे कहा।

"मैं तुम्हें इसी वक़्त नौकरी से बाहर कर रहा हूँ और अब तुम्हारी शक्ल नहीं देखना चाहता....!" तैमूर ने कड़क आवाज़ में कहा।

"मिस्टर तैमूर, जल्दबाज़ी अच्छी नहीं होती।" तारिक़ ने अपने गठीले बाज़ुओं पर हाथ फेरते हुए कहा, "अंजाम पर ग़ौर कर लीजिएगा।"

तैमूर उसे फिर घूरने लगा।

"इससे क्या मतलब है तुम्हारा....?" उसने पूछा।

"एक्स-फ़ाइव थ्री नाइन!" तारिक़ धीरे से बोला। लेकिन वह सीधे तैमूर की आँखों में देख रहा था और उसकी आँखों में अजीब क़िस्म की वहशियाना चमक थी। अचानक तैमूर का चेहरा बुझ गया और दूसरे शिकारी नासिर ने भी यह तब्दीली महसूस कर ली।

"बस मिस्टर तैमूर, हमारी आज की बातचीत ख़त्म हो गयी।" तारिक़ उठता हुआ बोला। "आओ नासिर!"

नासिर चुपचाप उठ गया और वे दोनों तैमूर के कमरे से बाहर आ गये। पोर्च में एक मोटर साइकिल खड़ी थी। तारिक़ ने उसकी सीट पर बैठ कर उसे स्टार्ट किया....नासिर कैरियर पर बैठ चुका था। मोटर साइकिल फ़र्राटे भरती हुई गेट से निकल आयी थी।

"तारिक़ यह क्या क़िस्सा था?" नासिर ने पूछा।

तारिक़ हल्का-सा क़हक़हा लगा कर बोला। "अगर इस क़िस्म के क़िस्से हर एक की समझ में आने लगे तो हर एक तैमूर ऐण्ड बार्टले का हिस्सेदार हो जाये। मैं अपनी आँखें खुली रखता हूँ दोस्त....!"

"मगर यार, इस वक़्त तो तुमने कमाल ही कर दिया....

मगर वह नम्बर क्या था....जिसे सुनते ही वह बदहवास हो गया था।

"सुनो नासिर! हम दोनों गहरे दोस्त हैं....!" तारिक़ ने कहा और ख़ामोश हो गया। नासिर इन्तज़ार में था कि वह कुछ और भी कहेगा....लेकिन वह ख़ामोश ही रहा।

"मैं इस जुमले का मतलब नहीं समझा।" नासिर ने कहा

"इसका मतलब फिर कभी समझा दूँगा। फ़िलहाल एक कार हमारा पीछा कर रही है। उसमें यक़ीनन तैमूर के आदमी होंगे। इसलिए मैं चाहता हूँ कि उन्हें एक अच्छा सबक़ सिखाऊँ।"

नासिर ने मुड़ कर देखा....वाक़ई उस कार के अलावा सड़क पर दूर तक कोई कार नहीं दिख रही थी।

"वहम है तुम्हारा....?" नासिर बड़बड़ाया।

"वहम नहीं, बल्कि उम्मीद...." तारिक़ ने कहा "उस बातचीत के बाद तैमूर मुझे ज़िन्दा देखना पसन्द नहीं करेगा....ख़ैर देखो....अभी मालूम हुआ जाता है....!"

तभी तारिक़ ने मोटर साइकिल एक गली में मोड़ दी....दूसरी कार भी उसी गली में मुड़ गयी।

"क्यों, अब क्या ख़याल है?" तारिक़ ने हल्के से क़हक़हे के साथ कहा

"ठीक है!" नासिर बड़बड़ाया।

"क्या मैं तुम्हें कहीं उतार दूँ?" तारिक़ ने पूछा। "वे लोग हमें रसमलाई नहीं खिलायेंगे।"

"क्या तुम मुझे बुज़दिल समझते हो?" नासिर ने कहा।

"नहीं प्यारे! मतलब यह था कि तुम्हें ख़तरे से आगाह कर दूँ....मगर हमें यह ज़रूर देख लेना चाहिए कि वे कितने आदमी हैं।"

नासिर कुछ नहीं बोला। तारिक़ मोटर साइकिल को गली से निकाल कर दूसरी सड़क पर आ गया....फिर 'कैफ़े ग्रैण्ड' के सामने उसे रोक कर मशीन बन्द कर दी....दूसरी कार भी थोड़े फ़ासले पर रुक गयी....

दोनों उतर कर 'कैफ़े ग्रैण्ड' में दाख़िल हुए....उसका हॉल छोटा ही था....और ऊपर चारों तरफ़ गैलरी बनी हुई थी....इस तरह छोटी-सी जगह में ज़्यादा-से-ज़्यादा सीटों का इन्तज़ाम किया गया था।

तारिक़ नीचे बैठने की बजाय ऊपर जाने के लिए सीढ़ियाँ चढ़ने लगा....नासिर ने देखा कि चार आदमी कैफ़े में आये....और वे कनखियों से उन दोनों की तरफ़ देख रहे थे.... जब तक कि तारिक़ और नासिर ऊपर जा कर बैठ नहीं गये, वे लोग भी खड़े ही रहे। देखने से ऐसा लग रहा था जैसे वे चारों तरफ़ नज़र दौड़ा कर अपने लिए कोई जगह चुन रहे हों। तारिक़ और नासिर गैलरी की जालियों से लग कर इस तरह बैठे कि नीचे से कम-से-कम उनके सिर आराम से दिखाई दे सकें....वे चारों लोग भी बैठ चुके थे....लेकिन उन्होंने भी ऐसी जगह चुनी थी जहाँ से वे आसानी से उन पर नज़र रख सकते थे।

तारिक़ धीरे-धीरे पर्दा खिसका कर अपने चेहरे के क़रीब ला रहा था....थोड़ी ही देर में उसका चेहरा....पर्दे के पीछे हो

गया....लेकिन नासिर अब भी नीचे वालों को दिखाई दे रहा था।

"नासिर!" तारिक़ ने उसे धीरे से कहा। "ज़्यादा नहीं! सिर्फ़ बीस मिनट तक उन्हें यहाँ रोके रखो....उसके बाद फिर तुम्हें ऐसा तमाशा दिखाऊँगा कि तुम दंग रह जाओगे...."

"किस तरह रोकूँ....? मैं तुम्हारा मतलब नहीं समझा!"

"तुम बस इसी तरह बैठे रहो....मैं सिर्फ़ बीस मिनट के लिए बाहर जा रहा हूँ....यह दरवाज़ा देख रहे हो। इसकी सीढ़ियाँ बावर्चीख़ाने में जा कर ख़त्म होती हैं। मैं उधर ही जाऊँगा.... लेकिन नीचे वालों को यही मालूम होना चाहिए कि मैं यहाँ मौजूद हूँ....तुम कभी-कभी इस तरह इधर देखते रहना जैसे मुझसे बात कर रहे हो।

"तुम कहाँ जा रहे हो?"

"बस, वापस आ कर बताऊँगा...."

तारिक़ गैलरी की सीढ़ियों से दूसरी तरफ़ उतर गया। नासिर वहीं बैठा रहा....तारिक़ के जाने के बाद चाय भी आ गयी....इस बीच नासिर बड़ी शानदार ऐक्टिंग कर रहा था....वह तारिक़ से उम्र में बड़ा था, लेकिन ताक़त में उसका लोहा मानता था....उसने इस अन्दाज़ में चाय उँडेली जैसे वह साथ-साथ अपने साथी से बातचीत भी करता जा रहा हो। वैसे उसकी नज़र चाय की प्याली ही की तरफ़ थी। फिर उसने नीचे बैठे हुए आदमियों पर एक उचटती-सी नज़र डाली....वे चारों अभी तक हॉल में मौजूद थे। बीस मिनट बीत गये, लेकिन तारिक़ वापस नहीं आया....उसकी वापसी ठीक आधे घण्टे बाद हुई और वह

इस तरह हाँफ रहा था जैसे उसे बहुत दौड़ना पड़ा हो।

"क्या कर आये....?" नासिर ने मुस्कुरा कर पूछा।

"बस अभी देख लेना....और अब उठो....!"

वे सीढ़ियों से उतर कर हॉल में आये....लेकिन उनके अन्दाज़ से यही मालूम हो रहा था जैसे वह पीछा करने वालों से बेखबर हों....बाहर आ कर तारिक़ ने फिर मोटर साइकिल सँभाली....नासिर कैरियर पर बैठ गया और मोटर साइकिल चल पड़ी....

लगभग पन्द्रह–बीस मिनट तक वह अलग–अलग सड़कों पर दौड़ती रही फिर तारिक़ ने नासिर से कहा, "ज़रा घड़ी तो देखो। क्या टाइम हुआ है।"

"साढ़े पाँच।" नासिर ने जवाब दिया।

"कार अब भी हम लोगों का पीछा कर रही है...."

"आख़िर इसका मक़सद क्या है?" नासिर ने पूछा।

"उन्हें मालूम है कि आजकल शिकार हो रहा है और हम यहाँ से सीधे कैम्प की तरफ़ जायेंगे। ज़ाहिर है कि इसके लिए हमें एक सुनसान सड़क से गुज़रना होगा।"

"मेरे ख़ुदा....!" नासिर हड़बड़ा कर बोला! "तो इसका मतलब यह है कि वे हमें मार डालने के फ़िराक़ में हैं।"

"यक़ीनन!" तारिक़ ने क़हक़हा लगाया, "वरना हम दो ख़ूबसूरत तितलियाँ तो हैं नहीं कि वे हमारे घरों का पता लगाने के लिए हमारा पीछा कर रहे हैं।"

"और हम कैम्प ही की तरफ़ जायेंगे?" नासिर ने सवाल

किया।

"यक़ीनन....! हम वहीं जायेंगे और उसी सड़क से गुज़रेंगे जिससे रोज़ाना गुज़रते हैं।"

"तब तुम पागल हो गये हो।"

"परवाह न करो....सिर्फ़ तीन मिनट बाद तुम भी पागल हो जाओगे।" यक़ीन न आये तो घड़ी की तरफ़ देखते रहो....और तुम्हारे पागल हो जाने की ख़बर सुन कर तैमूर पागल कुत्तों की तरह भौंकने लगेगा।"

नासिर कुछ न बोला। वह अब इस फ़िक्र में था कि किसी बहाने फ़िलहाल तारिक़ से पीछा छुड़ा ले, लेकिन ऐसे मौक़े पर अमूमन बहाना पैदा करने का कोई पहलू ही नहीं निकलता। नासिर का ज़ेहन उसी में उलझ कर रह गया। मोटर साइकिल की रफ़्तार तेज़ होती जा रही थी और अब वह कैम्प ही की तरफ़ जाने वाली सड़क पर मुड़ चुकी थी। नासिर का दिल धड़कने लगा। उसने मुड़ कर देखा। कार भी उसी सड़क पर मुड़ी थी, लेकिन सड़क का यह हिस्सा सुनसान नहीं था, क्योंकि अभी शहरी आबादी का सिलसिला ख़त्म नहीं हुआ था।

"तारिक़....सस....मुच....!" नासिर हकलाया....लेकिन उसे अपनी हकलाहट जारी रखने का मौक़ा न मिल सका, क्योंकि अचानक एक तेज़ धमाके ने उसे चौंका दिया। उसने एक साथ कई चीख़ें सुनीं। मुड़ कर देखा तो....उसे थोड़ी ही दूरी पर आग की लपट दिखाई दी। तारिक़ बेतहाशा हँस रहा था....और मोटर साइकिल चली जा रही थी....!

"अब यह कल अख़बार में देखना कि कितने मरे और

कितने ज़ख़्मी हुए।" तारिक़ ने कहा

"यह....कक....क्या हुआ....!" नासिर फिर हकलाया।

"टाइम बम...."

"उसी कार में....।"

"हाँ, मैं आधे घण्टे तक झक नहीं मार रहा था....!"

"मगर....उफ़....फ़ोह....! तुमने यह क्या किया तारिक़....!"

"मैं शिकारी हूँ नासिर....बस, इससे ज़्यादा और कुछ कहने की ज़रूरत ही नहीं। मगर इन शिकारों की खाल तैमूर के किसी काम न आ सकेगी।"

"तुमने उन्हें मार डाला...."

"हाँ, मेरे दोस्त!" तारिक़ ने बड़े इत्मीनान से जवाब दिया। "साँपों को फन उठाने की मोहलत ही न देनी चाहिए। यही हमारा सबसे पहला सबक़ है।"

नासिर पर सकता छा गया। उसके सारे जिस्म से ठण्डा-ठण्डा पसीना फूट रहा था।

"क्या तुम डर रहे हो।" तारिक़ ने फिर क़हक़हा लगाया। नासिर कुछ न बोला। उसका दिमाग़ खोपड़ी से निकल कर जैसे हवा में तैरने लगा था। उस धमाके का असर अब भी उसे चौंका रहा था और फिर तारिक़ की बातें भी उस धमाके से क्या कम थीं।

◀◀ ● ▶▶

४

आज फ़ैयाज़ को फिर इमरान की तलाश थी, लेकिन वह अपने फ़्लैट में नहीं मिला। बहरहाल, उस तक पहुँचने के लिए फ़ैयाज़ को अच्छी-ख़ासी जासूसी करनी पड़ी....वह उसे शहर के एक घटिया-से शराबख़ाने में मिला। लेकिन फ़ैयाज़ यह न मालूम कर सका कि इमरान वहाँ क्या कर रहा था? हक़ीक़त तो यह थी कि उस वक़्त उसे यह मालूम करने की ज़रूरत ही नहीं महसूस हुई थी कि इमरान वहाँ क्यों आया था? हो सकता है कि किसी दूसरे मौक़े पर यह जानने की ज़रूरत उसे पड़ गयी होती....लेकिन आज तो ख़ुद उसके ही ज़ेहन में बहुत ही हैरत-अंगेज़ ख़याल उबल रहे थे....इमरान फ़ैयाज़ को सड़क से ही देख कर शराबख़ाने से उठ गया था, लेकिन इस वक़्त उसे फ़ैयाज़ का आना मँहगा पड़ा।

इमरान ने सड़क पर आ कर फ़ैयाज़ को इशारा किया कि वह आगे बढ़ जाये, लेकिन फ़ैयाज़ इशारा न समझ कर उसी की तरफ़ बढ़ता रहा....नतीजा यह हुआ कि इमरान दूसरी तरफ़ मुड़ कर बड़ी तेज़ी से चलता हुआ एक गली में चला गया....बहरहाल, बात उस वक़्त फ़ैयाज़ की समझ में आयी

जब इमरान नज़रों से ग़ायब हो गया।

अब फ़ैयाज़ भी धीरे-धीरे उसी गली की तरफ़ बढ़ रहा था और गली में दाख़िल हो कर उसने अपनी रफ़्तार तेज़ की, मगर इमरान का कहीं पता न था।

फ़ैयाज़ गली से निकल कर दूसरी सड़क पर आ गया....लेकिन....अब....अब भी इमरान कहीं नहीं दिखा। फ़ैयाज़ को लगभग एक या डेढ़ मिनट तक वहीं खड़े रह कर सोचना पड़ा कि अब उसे क्या करना चाहिए।

अचानक उसे एक रेस्तराँ की खिड़की में इमरान का चेहरा दिख गया.....फ़ैयाज़ ने तेज़ी से सड़क पार की और रेस्तराँ में दाख़िल हो गया।

"क्या मुसीबत आ गयी है....!" इमरान ने झल्लायी हुई आवाज़ में कहा....उसकी झल्लाहट का प्रदर्शन भी बहुत ही मज़ाक़िया मालूम हो रहा था।

"तुम बैठो तो....यक़ीनन तुम इस मामले में दिलचस्पी लोगे।" फ़ैयाज़ ने उसके कन्धे पर हाथ रख कर कहा।

"क्या है जल्दी से बको....और कुछ दिनों के लिए मेरा पीछा छोड़ दो।"

"वह लड़की राज़िया अब एक नयी कहानी सुना रही है...." फ़ैयाज़ ने कहा, "मगर आख़िर तुम इतने उखड़े-उखड़े-से क्यों हो?"

"फ़िक्र मत करो....! मैं क़ुल्फ़ी की तरह जम गया हूँ....तुम्हारी आँखों का क़सूर है...." इमरान घड़ी की तरफ़

देखता हुआ बोला, "मैं तुम्हें सिर्फ़ पन्द्रह मिनट दे सकता हूँ।"

"तब तुम जहन्नुम में जाओ....मुझे कुछ नहीं कहना।"

"नहीं! तुम्हें बहुत कुछ कहना है....तुम्हें यह बताना है कि इरशाद अपने लड़कों से ख़फ़ा था। और तुम्हें उस तस्वीर के बारे में बताना है जो इरशाद के बेटे नौशाद से मिलती-जुलती है....फिर तुम मुझे इन्सानी हड्डियों के एक ढाँचे के बारे में बताओगे....!"

"ओह....तो राज़िया पहले ही बता चुकी है...." फ़ैयाज़ ने मायूसी से कहा

"नहीं! उसने मुझे कुछ भी नहीं बताया...."

"तुम और क्या जानते हो?" फ़ैयाज़ ने पूछा।

"ज़ाहिर है, मैं इतना ही जानता हूँगा जितना मुझे राज़िया ने बताया होगा....!" इमरान ने कड़े अन्दाज़ में कहा कुछ पल ख़ामोश रहा फिर बोला। "लेकिन राज़िया को इसका क्या पता कि तुमने हड्डियों के उस ढाँचे को तहख़ाने से निकलवा लिया है।"

"अच्छा फिर!" फ़ैयाज़ अपने होंटों पर ज़बान फेर कर बोला।

"और हड्डियों के उस ढाँचे को देख कर तुम्हें बड़ी मायूसी हुई....क्योंकि वह हड्डियाँ हरगिज़ नहीं थीं। अलबत्ता, तुम दिल से उस कारीगरी के क़ायल ज़रूर हो....लकड़ी का पिंजरा बना कर उस पर सफ़ेद पालिश करना आसान काम नहीं है....काफ़ी मेहनत की गयी होगी....क्यों क्या ख़याल है।"

"तुम्हें यह सब कुछ कैसे मालूम हुआ?"

"निहायत आसानी से। जिन लोगों ने तहख़ाने में जाने का रास्ता बनाया था....?"

"बिलकुल ग़लत! उनमें से कोई भी नहीं बता सकता। वो सब मेरे डिपार्टमेंट के आदमी थे!" फ़ैयाज़ ने कहा

"और तुम्हारे डिपार्टमेंट में सब फ़रिश्ते हैं। उन्हें न तो शराब से दिलचस्पी हो सकती है और न औरत से। मेरी सेक्रेटरी रूशी को तुम क्या समझते हो। सुपर फ़ैयाज़....! उसने तुम्हारे एक आदमी से सब कुछ मालूम कर लिया है....हा-हा....हिप!"

फ़ैयाज़ कुछ न बोला। लेकिन वह इमरान को बराबर घूरे जा रहा था।

"अब रहा उस तस्वीर का मामला....तो उसके बारे में तुम मुझे बताओगे।" इमरान ने कहा फिर घड़ी की तरफ़ देख कर बोला। "सिर्फ़ पाँच मिनट और बाक़ी हैं।"

"मैं घूँसा मार दूँगा।" फ़ैयाज़ झुँझला गया।

"मगर पाँच मिनट के अन्दर-अन्दर...." इमरान ने संजीदगी से कहा

फ़ैयाज़ कुछ कहे बग़ैर उठ गया....उसे उम्मीद थी कि शायद इमरान उसे रोकेगा....लेकिन वह वैसे ही बैठा रहा। फ़ैयाज़ दरवाज़े तक जा कर फिर पलट आया।

"मैं अब सिर्फ़ यह कहना चाहता हूँ कि अगर तुमने इस केस में दख़लन्दाज़ी की तो अच्छा न होगा।" फ़ैयाज़ ने कहा

"लानत भेजता हूँ तुम्हारे केस-वेस पर!" इमरान बुरा-

सा मुँह बना कर बोला। "मुझे तैमूर ऐण्ड बार्टले की फ़र्म में नौकरी मिल गयी है।"

फ़ैयाज़ अचानक चौंक पड़ा....

"नौकरी मिल गयी है....?" उसने हैरानी से दोहराया।

"और क्या? एक-न-एक दिन अक़्ल आ ही जाती है.... महीने में पाँच हज़ार रुपये मिलेंगे....बहुत हैं, और क्या....!"

फ़ैयाज़ फिर बैठ गया....!

"हाँ, तो मैं यह कह रहा था!" फ़ैयाज़ ने ग्रामोफ़ोन के रिकॉर्ड की तरह बोलना शुरू कर दिया। "नौशाद को जब यह बताया गया कि वह उसके बाप के किसी चचा की तस्वीर है तो वह बेतहाशा हँसने लगा। फिर उसने बताया कि हक़ीक़त में उसी की तस्वीर है, जो उसने पुराने कपड़े में एक चित्रकार से बनवायी था। उसने चित्रकार का नाम और पता बताया....और चित्रकार ने भी उसके बयान की तसदीक़ कर दी।"

"तस्वीर कब बनवायी गयी थी?" इमरान ने पूछा।

"आज से दस साल पहले!"

"फिर अब तुम्हारा क्या ख़याल है?" इमरान ने पूछा।

"ज़ाहिर है, ऐसे हालात में यह नहीं समझा जा सकता कि इरशाद को कोई हादसा पेश आया है....!"

"और कुछ....? यह तो बड़ी मोटी-सी बात थी!" इमरान ने कहा, "हालात के मद्देनज़र रख कर कोई बेपढ़ा-लिखा कॉन्स्टेबल भी यही कह सकता है....मगर तुम डिपार्टमेंट ऑफ़ इनवेस्टिगेशन के सुप्रिन्टेंडेण्ट हो।"

"तुम क्या कहना चाहते हो?" फ़ैयाज़ ने पूछा।

"मुझे अलग ही रखो तो बेहतर है....वरना तुम ख़ुद ही कह चुके हो कि अच्छा न होगा।"

फ़ैयाज़ कुछ न बोला। फिर थोड़ी देर बाद कहने लगा। "मामला बहुत ही टेढ़ा है....अगर वह पिंजर लकड़ी का न साबित हुआ होता तो कहा जा सकता था कि वह अपने लड़के नौशाद को फँसाना चाहता है।"

"बण्डल....!"

"क्या मतलब...." फ़ैयाज़ उसे घूरने लगा।

"कुछ नहीं! मैं दूसरी बात सोचने लगा था....मगर हाँ....तुम....! तुम इस मामले को छिपा क्यों रहे हो....? मेरा ख़याल है कि यह पूरा केस अख़बारों में आ जाना चाहिए और ख़ूब फ़ैयाज़ मेरी जान! बेहतरीन मौक़ा है। वह डेली मेल की रिपोर्टर है ना....मिस मोना....तुम एक बार उस पर मर मिटे थे....फिर बाद में क्या हुआ था....ख़ैर, बहरहाल....तुम उसे फ़ोन करके अपने पास बुलाओ....और सिर्फ़ उसके अख़बार के लिए एक रिपोर्ट मुहैया करा दो....फिर देखना....हाय....वह भी तुम पर मर मिटेगी।"

"मैं फ़िलहाल इसकी पब्लिसिटी नहीं चाहता!" फ़ैयाज़ ने कहा।

"अच्छी बात है तो फिर मैं ही मिस मोना को मर मिटने का चांस दूँगा।"

"तुम ऐसा नहीं करोगे!" फ़ैयाज़ ने कड़क आवाज़ में

कहा।

"अमाँ, लानत है उस पर....लाहौल विला क़ूवत। मुझे क्या? मैं तो तैमूर ऐण्ड बार्टले...."

"तैमूर ऐण्ड बार्टले वाली बात भी तुम्हें बतानी पड़ेगी।" इमारान की बात बीच ही में काट कर फ़ैयाज़ बोला।

"बता तो दिया कि मुझे वहाँ नौकरी मिल गयी है।"

"ख़ैर....परवाह नहीं!" फ़ैयाज़ ने लापरवाही ज़ाहिर करने की कोशिश करते हुए कहा, "मैं तुम्हें कामयाब नहीं होने दूँगा....!"

"पन्द्रह मिनट पूरे हो गये।" इमरान उसे घड़ी दिखाता हुआ बोला। "लेकिन मैं एक मिनट और दे कर इतनी देर में यह ज़रूर कहूँगा कि तुम इस केस की पब्लिसिटी किये बग़ैर कामयाब नहीं हो सकते! लेकिन इस सिलसिले में उस साँप का ज़िक्र करना नहीं भूलोगे जो राज़िया के बैग से बरामद हुआ था और राज़िया तैमूर ऐण्ड बार्टले के शो-रूम से निकल कर सीधी 'इरशाद मंजिल' गयी थी।"

फ़ैयाज़ कुछ सोचने लगा था। आख़िर उसने थोड़ी देर बाद सिर हिला कर कहा, "अब मैं भी यही सोच रहा हूँ कि इन वाक़यात की पब्लिसिटी ज़रूर होनी चाहिए। आख़िर इससे इरशाद का मक़सद क्या था?"

"गुड, तुम बहुत अच्छे बच्चे हो! बस, अब जाओ.... लेकिन तुम राज़िया के बैग वाले साँप के बारे में तैमूर से ज़रूर पूछ-गुछ करोगे।"

"क्या फ़ायदा होगा?"

"बहुत फ़ायदा होगा....यह नुस्ख़ा कमर दर्द के लिए बहुत अच्छा है...."

"फिर उतर आये बकवास पर!"

"परवाह न करो....हाँ, सबसे ज़्यादा ज़रूरी बात तो रह ही गयी....अख़बारों में इस केस के छपने के बाद ही तुम तैमूर से पूछ-गछ करोगे....इससे पहले नहीं।"

"यार इमरान....क्यों बोर कर रहे हो? आख़िर इससे क्या होगा?"

"डिलीवरी आसानी से हो जायेगी।"

"ख़ुदा समझे तुमसे!"

"और हाँ....! तैमूर ऐण्ड बार्टले के दफ़्तर में मुझसे मिलने की कोशिश कभी न करना। समझे! बस अब जाओ....मैं ड्यूटी पर जा रहा हूँ, लंच टाइम ख़त्म होने में सिर्फ़ दस मिनट बाक़ी हैं।"

फ़ैयाज़ के उठने से पहले इमरान ही उठ कर बाहर चला गया।

५

टाइपिस्ट लड़की जूलिया उसे बहुत ग़ौर से देख रही थी। वह काग़ज़ात पर झुका हुआ बुरे-बुरे मुँह बना रहा था और ऐसा मालूम हो रहा था जैसे वह ख़ुद को इस छोटे-से पार्टीशन में अकेला महसूस कर रहा हो। इस पार्टीशन में सिर्फ़ दो मेज़ें थीं....एक पर टाइपिस्ट लड़की जूलिया बैठती थी और दूसरी मेज़ असिस्टेंट एकाउण्टेंट की थी....बूढ़ा असिस्टेंट एकाउण्टेंट चार दिन पहले दो माह की छुट्टी पर चला गया था....पहले दिन जूलिया उसे देख कर बहुत ख़ुश हुई....उसने सोचा था कि कम-से-कम दो माह तक तो वह हर क़िस्म की बोरियत से दूर ही रहेगी....पुराना एकाउण्टेंट बहुत नकचढ़ा था और जूलिया उसे पसन्द नहीं करती थी....

मगर यह नया एकाउण्टेंट उस एकाउण्टेंट से भी ज़्यादा बोर साबित हुआ। वह सारा दिन सिर झुकाये हिसाब-किताब में डूबा रहता....और इस पार्टीशन में टाइप राइटर की 'कट कट' के अलावा और कोई आवाज़ न सुनाई देती। पुराने एकाउण्टेंट की बकवास जूलिया को मँहगी पड़ती थी....और अब नये एकाउण्टेंट की हद से बढ़ी हुई ख़ामोशी उसे खलने

लगी।

कभी वह उसे ज़ेहनी तौर पर बहुत ऊँचा आदमी मालूम होने लगता....और कभी बिलकुल बुद्धू....वह ज़्यादातर टाइप राइटर पर हाथ रोक कर उसे ग़ौर से देखने लगती।

इस वक़्त भी वह काम बन्द करके हौले-हौले अपनी उँगलियाँ दबा रही थी....और उसकी नज़रें एकाउण्टेंट ही पर थीं....जो काग़ज़ात पर सिर झुकाये ऊँघ रहा था....अक्सर वह चौंक कर इस तरह आँखें फाड़ने लगता जैसे नींद को भगाने की कोशिश कर रहा हो। देखते-ही-देखते उसने अपने गाल में बहुत ज़ोर से चुटकी ली....और "सी" करके मुँह बिसूरने लगा।

जूलिया को एकदम से हँसी आ गयी। उसका क़हक़हा सुन कर एकाउण्टेंट चौंक पड़ा और फिर उसके चेहरे से कुछ इस तरह की लज्जा-भरी बदहवासी झलकने लगी जैसे किसी ने बीच सड़क पर उसके चाँटा लगा दिया हो।

"वह....वह देखिए....!" वह हकलाया। "मुझे दरअसल नींद आ रही थी....और मैं नींद भगाने के लिए यही करता हूँ।"

"मेरा तो ख़याल था कि आपको कभी नींद ही न आती होगी!" जूलिया ने कहा

"क्यों....वाह....आती क्यों नहीं।"

"लेकिन ख़्वाब में आपको गिनतियाँ-ही-गिनतियाँ दिखती होंगी।"

"जी हाँ और आजकल टाइप राइटर की कट-कट भी सुनाई देती है।" एकाउण्टेंट ने रुँधी आवाज़ में कहा

"आप इससे पहले कहाँ काम करते थे।"

"इससे पहले मैं किसी काम का नहीं था।"

"आपके दोस्त तो बहुत होंगे।" जूलिया बेकार में उसे बातों में उलझाना चाहती थी।

"नहीं, एक भी नहीं है।" एकाउण्टेंट ने बड़ी मासूमियत से कहा, "बात यह है मिस नीलिया।"

"जूलिया!" उसने नाम को ठीक करके बताया।

"आई एम सॉरी....! मिस जूलिया....बात यह है कि मुझे दोस्ती करते हुए बड़ी शर्म आती है....!"

"शर्म....! मैं आपका मतलब नहीं समझी....!"

"शर्म....दरअसल....उसे कहते हैं....जो आ जाती है....आती है....यानी कि शर्म....आप शर्म नहीं समझतीं।"

"मैंने शर्म की वजह पूछी थी....?"

"बहुत-सी वजहें हो सकती है। जी हाँ....!"

एकाउण्टेंट के चेहरे पर उस वक़्त न जाने कहाँ की बेवक़ूफ़ी फूट पड़ी थी....जूलिया ने सोचा, चलो, इसी तरह वक़्त कटेगा। बेवक़ूफ़ आदमी भी दिलचस्पी का सामान होते हैं।

"आपके कितने बच्चे हैं?" जूलिया ने पूछा।

"मुझे मिला कर सात....!"

"आपको मिला कर क्यों....?"

"जी हाँ, अगर आप न मिलाना चाहें, तो भी कोई बुराई

नहीं....फिर भी छै बाक़ी बचते हैं।"

"बात यह है मिस मोलिया....अर्र....शायद....मैं ग़लत नाम ले रहा हूँ....ख़ैर, जो कुछ भी आपका नाम हो, मतलब यह कि....हाँ तो मैं अभी क्या कह रहा था...."

"मुझे हैरत है कि आप दोस्तों के बग़ैर कैसे ज़िन्दा हैं?"

"मैं ज़िन्दा कब हूँ?" एकाउण्टेंट ने मायूसी से कहा

"यक़ीनन आपके दिल पर गहरी चोट लगी है।" जूलिया ने अफ़सोस जताया।

"ओ हो....! जी हाँ....आपको कैसे मालूम हुआ?....कमाल है! क्या आप दिल की बात जान लेती हैं? जी हाँ! पिछले साल लगी थी....बड़ी परेशानी उठायी....तीन-चार एक्स-रे लिये गये....लेकिन अलग-अलग डॉक्टर किसी एक बात पर राय क़ायम न कर सके....आख़िर बड़ी कोशिशों के बाद मालूम हुआ कि घुटने की हड्डी अपनी जगह से खिसक गयी है....उर्दू में मुहावरा है मिस जूलिया कि 'मारूँ घुटना फूटे आँख' मगर यह मुहावरा ग़लत साबित हुआ....अब मैं मारूँ आँख फूटे घुटना का क़ायल हो गया हूँ...."

"मैं कुछ भी नहीं समझ सकी।" जूलिया बोली।

"यानी आप इसका एक बटा चार भी नहीं समझीं....ओ माफ़ कीजिएगा, मेरा मतलब यह था कि आप कुछ भी नहीं समझीं!"

"आप हर वक़्त गिनतियों से खेलते रहते हैं।" जूलिया मुस्कुराई।

“यह मेरी बदनसीबी है। मिस....क्या नाम है....जूलिया.... मिस जूलिया....मैं अपनी आदत से मजबूर हूँ। मुझे अरिथमेटिक से इश्क़ है....”

“लेकिन मुझे अरिथमेटिक से बड़ी नफ़रत है....!” जूलिया ने कहा

“अपना-अपना मुक़द्दर है....कम-से-कम आपकी शादी तो हो जायेगी।”

“क्यों शादी और अरिथमेटिक से क्या ताल्लुक़....?”

“बहुत गहरा ताल्लुक़ है....मिस जूलिया।” एकाउण्टेंट ने एक लम्बी साँस ली।

“मैं नहीं समझ सकती।”

“हर एक नहीं समझ सकता। मिस जूलिया....”

“आप समझाइए भी तो....मेरे लिए यह बात बिलकुल नयी होगी और मैं अपनी जानकारी में इस इज़ाफ़े के लिए हमेशा आपकी एहसानमन्द रहूँगी।”

“अच्छा तो समझने की कोशिश कीजिए। अंग्रेज़ी में बीवी को बेटर हाफ़ यानी आधा बेहतर कहते हैं यानी एक बटा दो बेहतर....! यही बात मैंने अपनी होने वाली बीवी के बाप से कह दी थी। वे पता नहीं क्यों बिगड़ गये। मैंने कहा आप अपनी बीवी से आधा बदतर हैं। यानी एक बटा दो....शायद आप समझ गयी होंगी मिस जूलिया। यह शादी न हो सकी....और शायद कभी न हो सके।”

एकाउण्टेंट की आँखों से आँसू बहने लगे....जूलिया कुछ

न बोली। उसकी समझ में नहीं आ रहा था कि वह हमदर्दी के कुछ अलफ़ाज़ कहे या ज़ोर-ज़ोर से हँसना शुरू कर दे।

एकाउण्टेंट उँगलियों से मेज़ पर तबला बजाने लगा। लेकिन आँसू बराबर बहते रहे। ऐसा लग रहा था जैसे उसे उन आँसुओं का पता ही न हो।

६

तारिक़ तैमूर के दफ़्तर में दाख़िल हुआ। तैमूर वहाँ अकेला ही था। तारिक़ को बेधड़क अन्दर घुसते देख कर उसके चेहरे पर नाराज़गी दिखने लगी।

"तुम इजाज़त लिये बग़ैर यहाँ क्यों आये?" तैमूर उसे घूर कर बोला।

"ओह! माफ़ कीजिएगा जनाब!" तारिक़ ने मुस्कुरा कर कहा, "मैं समझा था शायद अब इसकी ज़रूरत बाक़ी न रही होगी।"

"बैठ जाओ?" तैमूर ने कुर्सी की इशारा किया।

तारिक़ बैठ गया। तैमूर कुछ पल उसे घूरता रहा फिर बोला। "तुम मुझे ब्लैकमेल नहीं कर सकते, समझे?"

"जी हाँ! मैं समझ गया। ब्लैकमेल करना छिछोरे आदमियों का काम है....आपने शायद उन लोगों का अंजाम सुन लिया होगा, जो पिछली शाम मेरा पीछा कर रहे थे.... बलैकमेलर आम तौर पर बुज़दिल होते हैं....धमकी का नाम ब्लैकमेलिंग है....और धमकी वही देता है जो कमज़ोर हो। मैं

कमज़ोर नहीं हूँ मिस्टर तैमूर....मैं छीन कर खाने का आदी हूँ...."

"अभी बच्चे हो....बचपन के हवाई क़िलों की कोई अहमियत नहीं होती...."

"तो आप राज़ी नहीं हैं।"

"नहीं....!" तैमूर मेज़ की दराज़ खोल कर उसमें कुछ तलाश करता हुआ बोला। "अब फ़र्म को तुम्हारी ज़रूरत नहीं हैं....यह लो....यह रहा....नोटिस।"

तारिक़ ने उस काग़ज़ की तरफ़ देखने की ज़हमत भी गवारा नहीं की, जो तैमूर ने मेज़ की दराज़ से निकाल कर उसके सामने रखा था....

"लेकिन एक्स-फ़ाइव थ्री नाइन!" तारिक़ धीरे से बड़बड़ाया। "इस वक़्त मेरे क़ब्ज़े में है।"

"तुम झूठे हो! तुम्हें उसकी हवा भी नहीं लगी।"

"यह तुम्हारा कच्चा ख़याल है मिस्टर तैमूर....!"

"गेट आउट....!"

"बहुत ख़ूब शुक्रिया! लेकिन मेरा साथ तमाम शिकारी देंगे। मेरा अलग होना उनका भी अलग होना होगा....समझे आप...."

तैमूर ने चपरासी को बुलाने के लिए घण्टी बजायी।

"मैं जा रहा हूँ मिस्टर तैमूर, उसकी ज़रूरत नहीं पड़ेगी.... लेकिन आज शाम तक आप अपने नुक़सान के बारे में जान जायेंगे।"

तारिक़ बाहर निकल आया....

कुछ क्लर्कों ने उसे देख कर सिर हिलाया....और वह उन सबको छेड़ता और उन पर आवाज़े कसता हुआ आगे बढ़ गया। फिर वह उस पार्टीशन के सामने रुका जहाँ टाइपिस्ट गर्ल जूलिया और असिस्टेंट एकाउण्टेंट बैठते थे....

"हैलो तारिक़....!" जूलिया ने उसे देख कर आवाज़ दी।

"हाउ डू यू डू....जूली!"

"ओ.के....ओल्ड बॉय....कम इन....कम इन!"

तारिक़ पार्टीशन में दाख़िल हो कर दरवाज़े के क़रीब ही ठिठक गया।

"आपकी तारीफ़?" उसने नये एकाउण्टेंट की तरफ़ इशारा करके पूछा।

"हमारे नये असिस्टेंट एकाउण्टेंट....!" जूलिया ने जवाब दिया। नये एकाउण्टेंट का चेहरा शर्म से लाल हो गया और वह नज़रें झुका कर उँगली से मेज़ खुटकाने लगा।

जूलिया ने इशारे से तारिक़ को बताया कि वह बिलकुल बुद्धू है।

"कहो दोस्त, क्या नाम है तुम्हारा....?" तारिक़ ने उसके सिर पर हाथ फेर कर कहा....और जूलिया मुँह दबा कर हँसने लगी।

एकाउण्टेंट उसका हाथ झटक कर और ज़्यादा शर्मा गया। जूलिया बेतहाशा हँसने लगी....लेकिन तारिक़ उसे संजीदगी से घूरता रहा....ऐसा लग रहा था जैसे वह कोई बहुत ही अहम

बात सोचने लगा हो।

"यह बहुत ज़रूरी है!" उसने धीरे से कहा, "कि यहाँ बैठने वाला हर एकाउण्टेंट मेरे गहरे दोस्तों में से हो....!"

एकाउण्टेंट हैरत से उसकी तरफ़ देखने लगा....तारिक़ कुर्सी खींच कर बैठने ही वाला था कि दो पठान चौकीदार कैबिन में दाख़िल हुए।

"दफ़्तर से निकल जाओ....?" एक ने आगे बढ़ कर तारिक़ का हाथ पकड़ते हुए कहा

तारिक़ की ख़ूँख़ार आँखें उसकी तरफ़ उठीं और वह उसका हाथ छोड़ कर अलग हट गया।

"जाओ....!" वह दरवाज़े की तरफ़ हाथ उठा कर चीख़ा। "तैमूर से कह देना कि यह बदतमीज़ी उसे बहुत मँहगी पड़ेगी।"

और फिर वह उन दोनों को एक तरफ़ धकेलता हुआ....बाहर निकल गया....एकाउण्टेंट और जूलिया हैरत से आँखें फाड़े चुपचाप बैठे रहे....।

दोनों पठान भी होंटों-ही-होंटों में कुछ बड़बड़ाते हुए बाहर जा चुके थे। फिर एकाउण्टेंट उठ कर बाहर झाँकने लगा....पूरे दफ़्तर में मक्खियों की-सी भनभनाहट गूँज रही थी....वह जूलिया की तरफ़ मुड़ा....जो अपने सूखे होंटों पर ज़बान फेर रही थी।

"यह कौन साहब थे....?" एकाउण्टेंट ने जूलिया से पूछा।

"तारिक़....एक शिकारी है...."

"बहुत ग़ुस्से में मालूम होते थे?"

"हाँ, वह बहुत तीखे मिज़ाज वाला और बहुत ही

ख़तरनाक आदमी है।"

"ख़तरनाक....! अरे बाप रे....!" एकाउण्टेंट बेवकूफ़ों की तरह पलकें झपकाने लगा।

"पता नहीं क्या बात है....मिस्टर तैमूर को क्यों गालियाँ दे रहा था?"

"मिस्टर तैमूर को गालियाँ....!" एकाउण्टेंट ने बौखला कर कहा फिर होंट भींच कर कुछ सोचते रहने के बाद धीरे से बोला। "मैंने नहीं सुना था....वरना उसका सिर तोड़ देता। मिस्टर तैमूर तो बहुत अच्छे आदमी हैं।"

"आप उसका सिर तोड़ देते?" जूलिया हँसने लगी।

"क्यों, क्या मैं उससे कमज़ोर हूँ....?"

"ओह....! उन पठानों की हालत देखी थी आपने....? काँप कर रह गये थे।"

"रह गये होंगे....!"

"मैं नहीं समझ सकती कि क्या बात हुई है!" जूलिया ने अफ़सोस करते हुए कहा।

"मैं उसे ज़रूर पीटूँगा। क्या आप मुझे उसके घर का पता बतायेंगी?"

जूलिया फिर हँसने लगी। तभी एकाउण्टेंट बिगड़ गया।

"आप मेरा मज़ाक़ उड़ा रही हैं!"

जूलिया उसकी बात का जवाब दिये बग़ैर पार्टीशन से निकल गयी....शायद वह उस वाक़ये की वजह मालूम करना

चाहती थी।

एकाउण्टेंट भी पर्दा हटा कर दरवाज़े पर खड़ा हो गया। सारे क्लर्क एक दूसरे से खुसुर-फुसुर कर रहे थे। मैनेजर की कुर्सी ख़ाली थी....एकाउण्टेंट की नज़र तैमूर के कमरे की तरफ़ उठ गयी....वह कुछ पल कुछ सोचता रहा, फिर उसने अपनी पतलून की जेबें टटोलीं और लम्बे-लम्बे क़दम रखता हुआ बाथरूम की तरफ़ चला गया। बाथरूम तैमूर के कमरे के पीछे था और दोनों के बीच में सिर्फ़ एक दीवार थी। उसने बाथरूम का दरवाज़ा अन्दर से बन्द करके शीशों पर काला पर्दा खींच दिया। फिर पतलून की जेब से एक छोटी-सी काले रंग की डिबिया निकाली जिससे एक पतला-सा तार जुड़ा था। देखते-ही-देखते उसने वह तार उस तार से जोड़ दिया, जो एक छोटे से रौशनदान से नीचे लटक रहा था। वह तार ऐसा मालूम हो रहा था जैसे मकड़ी के जाले में कोई हल्का-सा तिनका फँस गया हो। काले रंग की डिबिया उसने अपने दाहिने कान से लगा ली....डिबिया दरअसल एक छोटा-सा, मगर ताक़तवर डिटेक्टिव फ़ोन का रिसीवर थी।

७

दूसरी तरफ़ तैमूर इस बात से बिलकुल बेख़बर था कि उसके कमरे में कहीं पर एक डिटेक्टिव फ़ोन छुपा है और उस वक़्त उसकी सारी बातें बाथरूम में सुनी जा रही है। वह अपने मैनेजर से कह रहा था।

"उस लौंडे का इन्तज़ाम ज़रूरी है, वरना सब बर्बाद हो जायेगा। ये चारों बुरी तरह ज़ख़्मी हुए हैं। गाड़ी कम्पनी की थी। इसलिए पुलिस का इधर ध्यान देना ज़रूरी है....दूसरी मुसीबत! आज का अख़बार तो तुमने पढ़ा ही होगा। इरशाद की कहानी के बारे में क्या ख़याल है।"

"वह मेरी समझ में तो नहीं आयी!" मैनेजर बोला।

"इस बात पर बहुत ज़्यादा ज़ोर दिया गया है कि वह लड़की जिसके वैनिटी बैग से साँप निकला था, हमारे शो-रूम से निकल कर सीधे 'इरशाद मंजिल' गयी थी। इसका मतलब यह हुआ कि पुलिस इस मामले में भी हमें घेरने की कोशिश करेगी। इस तरह दो अलग-अलग मामलों में हमें पुलिस का सामना करना पड़ेगा....ख़ैर, बहरहाल....लेकिन यह तो देखो कि तारिक़ क्या कर रहा है....मेरा दावा है कि लड़की के बैग

में उसी ने साँप रखा होगा। ऐसे हालात पैदा करके वह मुझे ब्लैकमेल करना चाहता है।"

"लेकिन इरशाद....!"

"इरशाद!" तैमूर एक लम्बी साँस ले कर बोला, "हाँ! उसका मामला भी ग़ौर करने वाला है।"

"क्या यह भी तारिक़ ही की शरारत हो सकती है?"

"कुछ कहा नहीं जा सकता। यह मामला बहुत पेचीदा है। फ़िलहाल उसे रहने दो। मैं तारिक़ के लिए कोई अच्छा इन्तज़ाम करना चाहता हूँ।"

"मुझे सिर्फ़ तीन दिन का टाइम दीजिए। इन तीन दिनों में कुछ-न-कुछ ज़रूर हो जायेगा। मगर आपको थोड़ा सब्र से काम लेना चाहिए था। आप जानते हैं कि वह शेर की तरह निडर और लोमड़ी की तरह चालाक है।"

"होगा! अब तो जो कुछ होना था हो चुका। उसके लिए कुछ कहना ही बेकार है।" कुछ देर तक ख़ामोशी रही फिर तैमूर ने कहा, "उसने धमकी दी है कि उसके साथ ही दूसरे शिकारी भी फ़र्म से नाता तोड़ लेंगे, इसलिए तुम्हें सबसे पहले यह मालूम करना चाहिए कि सारे शिकारी कैम्प में मौजूद हैं या कुछ चले भी गये।"

८

अँधेरा फैल चुका था....तारिक़ 'कैफ़े ग्रैण्ड' होटल से निकल कर अपनी मोटर साइकिल पर बैठा ही था कि किसी ने उसके कन्धे पर हाथ रखा। तारिक़ चौंक कर मुड़ा....और उसे यह देख कर हैरत हुई कि उसके कन्धे पर हाथ रखने वाला....तैमूर ऐण्ड बार्टले का नया असिस्टेंट एकाउण्टेंट था।

"हम कहीं इत्मीनान से बैठ कर बातचीत करना चाहते हैं।" एकाउण्टेंट ने कहा

"कोई ख़ास बात है?" तारिक़ ने पूछा।

"ज़िन्दगी और मौत का मामला है।" एकाउण्टेंट ने संजीदगी से सिर हिला कर कहा

"आओ....तो....फिर!" तारिक़ मोटर साइकिल की सीट से हटता हुआ बोला। उसने मोटर साइकिल का स्टैण्ड दोबारा गिरा दिया और एकाउण्टेंट का हाथ पकड़े हुए होटल में जा कर उसे एक कैबिन में ले आया।

"बैठ जाओ!" उसने एक कुर्सी की तरफ़ इशारा किया। एकाउण्टेंट ने बैठते हुए एक लम्बी साँस ली....

"क्यों....क्या बात है....?"

"तुम मुझसे उस लड़की को नहीं छीन सकते।" एकाउण्टेंट उबल पड़ा...."हरगिज़ नहीं....कभी नहीं!.... मैंने सिर्फ़ उसी के लिए वहाँ नौकरी की है। सालों-साल उसे छिप-छिप कर देखता रहा हूँ....हरगिज़ नहीं....!"

"मैं नहीं समझा कि तुम क्या कह रहे हो....?"

"वह तुम्हें पसन्द करती है...." एकाउण्टेंट बकता रहा "तुम्हारी बहादुरी की क़ायल है, लेकिन मैं इसका फ़ैसला करना चाहता हूँ कि हम दोनों में से कौन ज़्यादा ताक़तवर है।"

"मैं समझा! शायद तुम जूलिया के बारे में कह रहे हो!" तारिक़ हँसने लगा।

"क्या तुम्हें भी उससे मुहब्बत है?" एकाउण्टेंट ने दर्दनाक आवाज़ में पूछा।

"तुम घास खा गये हो क्या....?" तारिक़ फिर हँस पड़ा....

"घास? नहीं तो....मुझे ऐसा शेर याद नहीं आता, जिसमें आशिक़ ने मुहब्बत में घास खायी हो....तुम मुझे धोखा नहीं दे सकते....हाँ...."

"अच्छा मान लो....अगर मैं उससे मुहब्बत करता हूँ तो तुम मेरा क्या करोगे?"

"तो मैं बिलकुल ख़ामोश हो जाऊँगा और तुम आपसे आप मेरे रास्ते से हट जाओगे।"

"यानी....!"

"मैं क्यों बताऊँ....नहीं बताता....बता दूँ ताकि तुम होशियार हो जाओ....और मेरा काम बिगड़ जाये, जब तुम ही न रहोगे तो फिर जूलिया किसे चाहेगी। किस की ताक़त की तारीफ़ करेगी। हा हा....क्या बात बनी है! मैं दुनिया का बहुत अक़्लमन्द आदमी हूँ....वाह।"

"तुम क्या कह रहे हो दोस्त....?" तारिक़ आगे झुक कर उसकी आँखों में देखता हुआ धीरे से बोला....एकाउण्टेंट उस वक़्त एकदम बेवक़ूफ़ लग रहा था।

"मैं कुछ नहीं कह रहा। कोई बात नहीं है....मुझे देखना है कि तुम उससे कितने दिनों तक मुहब्बत करते हो?"

"मुझे उसमें बिलकुल दिलचस्पी नहीं। तुम्हें ग़लतफ़हमी हुई है।"

"ओह....वाक़ई....!" एकाउण्टेंट ख़ुशी से चीख़ा।

"यक़ीन करो!" तारिक़ उसे ग़ौर से देखता हुआ बोला।

"अच्छा तो आज की रात तुम्हारे लिए बहुत ही ख़तरनाक है....तुम मार डाले जाओगे।"

"तुम्हें कैसे मालूम हुआ?"

"बस, किसी तरह मालूम हो गया है। मैंने तैमूर साहब और उनके मैनेजर की बातचीत किसी तरह सुन ली थी....तुम्हारे पीछे बहुत-से आदमी लगे हुए हैं....मैनेजर ने तैमूर साहब को बताया था कि तुम कई दिनों से कैम्प में सोने के बजाय जंगल के एक गुप्त स्थान पर सोते हो....मैनेजर को उस जगह का पता चल गया है....और आज रात....तुम....ठीक....हाँ...."

तारिक़ कुछ पल ख़ामोशी से उसे देखता रहा फिर धीरे से बोला, "ये लोग तुम्हें कितनी तनख़्वाह दे रहे हैं।"

"चार हज़ार से ज़्यादा....पूरे पाँच रुपये!" एकाउण्टेंट ने सीना चौड़ा करते हुए कहा।

"चार हज़ार रुपये....! च्च-च्च!" तारिक़ ने अफ़सोस ज़ाहिर किया। फिर धीरे से बोला। "भला इतनी छोटी-सी रक़म जूलिया की मुहब्बत का भार कैसे सँभाल सकेगी।"

"वह अपनी मुहब्बत का भार सँभालेगी....और मैं अपनी मुहब्बत का भार सँभालूँगा। उसे भी तो अच्छी तनख़्वाह मिलती है?" एकाउण्टेंट ने संजीदगी से कहा

"तुम बुद्धू हो!" तारिक़ ने मुस्कुरा कर कहा, "लेकिन मैं तुम्हारा बहुत गहरा दोस्त हूँ। लो....फ़िलहाल ये दो हज़ार रुपए रखो। कल शाम जूलिया को किसी शानदार पार्क में ले जाना....!"

"नहीं, मैं नहीं रखता! क्या तुम मुझे भिखारी समझते हो?" एकाउण्टेंट बुरा मान गया।

"नहीं....बात यह नहीं है। यह दरअसल उस ख़बर की क़ीमत है, जो तुमने मुझे इस वक़्त दी है....और आगे भी तुम्हारे लिए अच्छी आमदनी की उम्मीदें मौजूद हैं।"

"यानी तुम चाहते हो कि मैं हमेशा तुम्हारे लिए उन लोगों की खोज में रहा करूँ!"

"तो इसमें तुम्हारा नुक़सान ही क्या है?" तारिक़ ने सवाल किया।

"नुक़सान तो कुछ भी नहीं है। लेकिन अगर उन्हें मालूम हो गया....तो....!"

"ज़्यादा-से-ज़्यादा यही होगा कि तुम वहाँ से निकाल दिये जाओगे। इस सूरत में जब तक तुम्हें दूसरी नौकरी न मिले मुझसे हर महीने पाँच हज़ार रुपये लेते रहना...."

"चलो, मंज़ूर है। लेकिन मैं यह सब सिर्फ़ जूलिया के लिए कर रहा हूँ। अगर तुम्हारा इरादा धोखा देने का हो तो....मैं इन रुपयों पर लानत भेजता हूँ।"

"नहीं दोस्त। तुम इत्मीनान रखो। वैसे तुम्हारा नाम क्या है?"

"मेरा नाम अब्दुल मन्नान है....हाँ....!"

"अच्छा दोस्त अब्दुल मन्नान....इस ख़बर का बहुत-बहुत शुक्रिया....फिर मिलेंगे।" तारिक़ उसे वहीं छोड़ कर बाहर निकल गया।

९

जंगल की उजाड़ रात....शायद एक बजे का वक़्त था....अँधेरा कुछ और गहरा हो गया था....बादल छाये हुए थे, माहौल बहुत डरावना लग रहा था, दूर कहीं से कभी-कभी सियार के हुआँने की आवाज़ें सुनाई दे रही थीं।

तारिक़ ख़तरे की खबर मिल जाने के बावजूद भी वहीं था, जहाँ उसने अपनी पिछली दो रातें गुज़ारी थीं।

यहाँ की ज़मीन बराबर थी जिसके चारों तरफ़ घनी झाड़ियाँ थीं....एक जगह पुआल का ढेर था और उस पर एक कम्बल बिछा हुआ था। यही उसका बिस्तर था....आज यहाँ तारिक़ ने आग भी जला रखी थी....और वह अपने बिस्तर ही पर मौजूद था, लेकिन सोया नहीं था। अचानक उसने हल्की-सी सरसराहट सुनी। वह चौंक कर उठ बैठा। कुछ पल उसने आवाज़ की तरफ़ कान लगाये रखे। सरसराहट फिर सुनाई दी। वह धीरे से बिस्तर से झाड़ियों में सरक गया। दूसरे ही पल दो आदमी अपने हाथों में बड़े-बड़े कुल्हाड़े पकड़े हुए झाड़ियों से खुली जगह में निकल आये। तारिक़ का बिस्तर ख़ाली था। एक तरफ़ अलाव जल रहा था और इतनी रोशनी थी कि क़रीब की चीज़ें आसानी

से साफ़-साफ़ दिख सकती थीं....अलाव की लाल रोशनी में उन दोनों के चेहरे काफ़ी भयानक मालूम हो रहे थे।

अचानक किसी ने पीछे से उन दोनों पर हमला कर दिया....उनके हाथों से कुल्हाड़े छूट गये....और वे दोनों उछल कर भागे।

"देखना....!" तारिक़ की आवाज़ अँधेरे में गूँजी...."ये ज़िन्दा न जाने पायें।"

कोई अँधेरे में गिरा....एक चीख़ उभरी....और फिर सन्नाटा छा गया....कई दौड़ते हुए क़दमों की आवाज़ों से जंगल गूँज रहा था। लगभग दस मिनट के बाद सीटी की आवाज़ सन्नाटे में लहरायी....दूर से किसी ने उसका जवाब दिया....और फिर सन्नाटा छा गया।

"नासिर....नासिर....!" तारिक़ की आवाज़ अँधेरे में उभरी।

"तारिक़....मैं हूँ....जहाँ हो वहीं ठहरो....!"

नासिर जल्द ही तारिक़ के पास पहुँच गया।

"क्या हुआ....?" तारिक़ ने पूछा।

"यार....क्या बताऊँ! वे दोनों साफ़ निकल गये।"

"ख़ैर परवाह न करो!" तारिक़ बोला। "मैंने उन्हें पहचान लिया है। टोनी और मुकेश थे। अगर निकल गये हैं तो यह समझ लो कि अब हमें उनकी शक्लें कभी न दिखाई देंगी....मैंने यह आग इसीलिए जलायी थी कि हमलावरों की शक्लें देख सकूँ। आओ, वापस चलें।"

वे दोनों फिर वहीं आ गये जहाँ आग जल रही थी, लेकिन वहाँ क़दम रखते ही तारिक़ के मुँह से हल्की-सी चीख़ निकल गयी....और वह अचानक पुआल के ढेर पर टूट पड़ा....वह दोनों हाथों से प्याल उठा-उठा कर इधर-उधर फेंक रहा था....जब सारी पुआल अपनी जगह से हट गयी तो उसके मुँह से एक गन्दी गाली निकली....और वह भर्रायी हुई आवाज़ में दहाड़ा, "आओ....! चोट हो गयी।"

"क्या हुआ....!"

तारिक़ उसे कोई जवाब दिये बग़ैर पागलों की तरह इधर-उधर दौड़ने लगा। नासिर भी उसी के साथ-साथ भागता फिर रहा था। फिर वे दोनों शिकरियों के कैम्प तक आये, जो उनकी रुकने की जगह से लगभग एक मील की दूरी पर था....यहाँ तीन तम्बू थे....लेकिन उन पर ख़ामोशी छायी हुई थी। उनमें से किसी में भी जागने के आसार नहीं पाये जाते थे।

"आख़िर तुम क्या तलाश कर रहे थे?" नासिर ने पूछा।

"ओह....एक्स-फ़ाइव थ्री नाइन....मेरी सारी मेहनत बर्बाद हो गयी।" तारिक़ हाँफता हुआ बोला। फिर कुछ पल ख़ामोश रहने के बाद उसने कहा "अच्छा....ख़ैर, देखा जायेगा....मैं देखूँगा कि तैमूर कितना चालाक है....!"

◀◀ ● ▶▶

१०

इमरान ठीक तीन बजे रात को फ़्लैट में दाख़िल हुआ.....फ़्लैट का दरवाज़ा अन्दर से बन्द नहीं था....कमरे में रोशनी थी और डिपार्टमेंट ऑफ़ इन्वेस्टिगेशन का सुप्रिन्टेंडेण्ट कैप्टन फ़ैयाज़ आराम-कुर्सी पर पड़ा सो रहा था।

इमरान ने लकड़ी की वह छोटी-सी पेटी मेज़ पर रखी जिसे वह अपने साथ लाया था। वह थोड़ी देर तक खड़ा फ़ैयाज़ को घूरता रहा, फिर आगे बढ़ कर उसे झिंझोड़ने लगा.....फ़ैयाज़ जागते ही उछल कर खड़ा हो गया।

"ओ फ़ैयाज़ साहब! यह कोई सराय है या भटियारख़ाना, तुम इतनी रात गये यहाँ क्या कर रहे हो?"

"आइए! बैठिए! अब्दुल मन्नान साहब!" फ़ैयाज़ ने बड़ी तल्ख़ी से कहा, "मैं अपना काम करने पर मजबूर हूँ।" फ़ैयाज़ ने जेब से हथकड़ियों का जोड़ा निकाल कर मेज़ पर डाल दिया।

"क्या मतलब....?"

"मतलब बाद में पूछना! दोस्ती अपनी जगह पर है, लेकिन मैं अपना काम ज़रूर करूँगा।" फ़ैयाज़ की आवाज़ में

रूखापन था।

"अबे, कुछ बकोगे भी। या यूँ ही बोर किये जाओगे?"

"तुम्हारा वॉरण्ट है....अब्दुल मन्नान का वॉरण्ट....जो तैमूर ऐण्ड बार्टले के यहाँ असिस्टेंट एकाउण्टेंट है....उसके ख़िलाफ़ पाँच लाख के ग़बन का इल्ज़ाम है....तैमूर ऐण्ड बार्टले के मैनेजर ने अब्दुल मन्नान की फ़ोटो भी दिया है।"

फ़ैयाज़ ने वॉरण्ट निकाल कर इमरान के सामने रख दिया। उस पर इमरान की फोटो भी लगी थी।

"ओह....मैं समझा....तो शायद उन्हें मेरी असलियत मालूम हो गयी है।" इमरान धीरे से बड़बड़ाया।

"तुम मुझे उल्लू नहीं बना सकते?" फ़ैयाज़ गरज कर बोला। "बड़े शर्म की बात है। यही तो मैं कहता था कि आख़िर तुम्हारा ख़र्च कहाँ से चलता है।"

"क्या बचाव की सूरत नहीं।" इमरान ने बेबसी से कहा

"हरगिज़ नहीं! मैं बिलकुल मजबूर हूँ!"

"फ़र्ज़ अदा करने से पहले तुम्हें मेरा क़र्ज़ अदा करना चाहिए...."

"मैं बेतुकी बातें सुनने के मूड में नहीं हूँ....मेरा ख़याल है कि तुम चुपचाप मेरे साथ चले चलो, वरना बात बढ़ जायेगी। तैमूर कह रहा था कि वह अख़बारों में तुम्हारा फ़ोटो छपवायेगा।"

"वाह यार, इससे बढ़ कर क्या बात हो सकती है? लोग देखेंगे और कहेंगे कि यह शख़्स सूरत से अब्दुल मन्नान नहीं मालूम होता। वैसे फ़ैयाज़ साहब....मैंने अपना खेल इसी वक़्त

ख़त्म कर दिया है और अब तुम्हारी आँखें खोलने जा रहा हूँ। शहर में पता नहीं क्या-क्या हुआ करता है और तुम्हारे डिपार्टमेंट के कानों पर जूँ तक नहीं रेंगती।"

इमरान ने मेज़ से लकड़ी की वह पेटी उठायी जिसे वह अपने साथ लाया था....यह एक फ़ुट लम्बी और लगभग नौ इंच चौड़ी थी। ऊँचाई ज़्यादा-से-ज़्यादा छः इंच रही होगी।

"यह पेटी...." उसने कहा "टोकियो से हवाई डाक से आयी है। इस पर तैमूर ऐण्ड बार्टले का पता लिखा है और यह नम्बर....पता नहीं यह उस चीज़ का नम्बर है या यह पेटी की गिनती के लिए नम्बर है....एक्स-फ़ाइव थ्री नाइन....अब मैं इसे खोलने जा रहा हूँ। हो सकता है, ग़बन किये हुए रुपये इसी में से बरामद हो जायें।"

उसने जेब से चाक़ू निकाल कर पेटी की कीलें निकालनी शुरू कर दीं।

फ़ैयाज़ कुछ न बोला। वह ख़ामोशी से उसे देख रहा था। बार-बार ऐसे मौक़े उसे नसीब हुए थे, जब वह इमरान पर चढ़ दौड़ा था, लेकिन बाद में उसे मुसीबत उठानी पड़ी थी। इमरान आदत के ख़िलाफ़ इस वक़्त ज़्यादा संजीदा था। उसने सारी कीलें निकाल डालीं और फिर दो अदद ख़ौफ़नाक क़िस्म की फुफकारों के साथ ढक्कन आप-से-आप ऊपर उठता चला गया।

"अरे बाप रे....!" इमरान उछल कर पीछे हट गया।

और फ़ैयाज़ ने मेज़ पर छलाँग लगायी। पेटी में काले रंग के दो साँप फन उठाये खड़े थे।

"ख़ुदा की क़सम इमरान....!" फ़ैयाज़ हाँफता हुआ बोला।

"तुम देखना अपना हश्र...."

"फ़ैयाज़ प्यारे, चोट हो गयी....ख़ुदा की क़सम इसे जान पर खेल कर लाया....कुल्हाड़ों और ख़ौफ़नाक आदमियों के चंगुल से निकाल लाया....अरे तौबा...."

"तौबा के बच्चे....हथकड़ियाँ लगाऊँगा....तुम समझते हो, शायद मैं मज़ाक़ कर रहा हूँ।"

मगर तौबा का बच्चा पहले ही बाहर निकल चुका था....फ़ैयाज़ मेज़ से छलाँग लगा कर उसकी तरफ़ झपटा। लेकिन इमरान को पा लेना आसान काम तो था नहीं।

◀◀ ● ▶▶

११

दूसरी सुबह के अख़बारों में इमरान का फ़ोटो छपा था जो एक इश्तहार-सा था। तैमूर ऐण्ड बार्टले की तरफ़ से पचास हज़ार रुपये के इनाम का ऐलान उन लोगों के लिए किया गया था, जो उसका पता-निशान बता सकें। इमरान ने उस इश्तहार को देखा और ख़ुद को सचमुच अब्दुल मन्नान महसूस करने लगा....

पिछली रात वह शुरू ही से तारिक़ के पीछे लगा रहा था। तारिक़ सबसे पहले शिकारियों के कैम्प में गया था, फिर नासिर को साथ ले कर टहलता हुआ उस जगह पर पहुँचा जहाँ वह रात गुज़ारता था....वहाँ पहुँच कर एक बार उसने नासिर से भी पीछा छुड़ाया....उसे शिकारियों के कैम्प की तरफ़ किसी काम से भेज दिया....फिर इमरान ने उसे एक तरफ़ जाते देखा था। इमरान सिर्फ़ तारिक़ ही की चाल-चलन की निगरानी कर रहा था। इसलिए वह उसी के पीछे चलता रहा।

बहरहाल, एक जगह रुक कर तारिक़ ने काँटेदार झाड़ियों के झुण्ड से वह पेटी निकाली थी जिसे इमरान ने न जाने क्या समझ कर बड़े जोश-ख़रोश के साथ फ़ैयाज़ के सामने खोलने की कोशिश की थी....और नतीजे के तौर पर उसमें से दो अदद

साँप बरामद हुए थे। तारिक़ ने उस पेटी को ला कर पुआल के ढेर के नीचे छिपा दिया था और ख़ुद उसी पर कम्बल डाल कर लेट गया था....

फिर जिस वक़्त तारिक़ पर हमला हुआ....इमरान उस पेटी को पुआल के ढेर के नीचे से निकाल कर चुपचाप खिसक गया।

तारिक़ और तैमूर की लड़ाई की वजह उसकी समझ में नहीं आयी थी। लेकिन उन साँपों ने उसे बहुत कुछ समझा दिया था। उसे यक़ीन था कि वह पेटी किसी-न-किसी तरह तैमूर ही के पास से तारिक़ तक पहुँची होगी, वरना उसमें ज़िन्दा साँपों की मौजूदगी समझ में नहीं आ सकती और फिर तारिक़ ने उस पेटी को बहुत एहतियात से एक जगह छिपा रखा था और फिर शायद उसे अपने बिस्तर के नीचे रखने ही के लिए उसने नासिर को भी टाल दिया था। उस पेटी का राज़? इमरान उसके बारे में घण्टों ग़ौर करता रहा।

वह इस वक़्त शहर के एक मामूली-से होटल के एक कमरे में ठहरा था....अपने जिस्म का हुलिया भी उसने थोड़ा-सा बदल लिया था....सिर के बालों के उलटने का अन्दाज़ बदल दिया था और सूट उतार कर सिर्फ़ पतलून और जैकेट ही पहन रखी थी। आँखों पर काले शीशों की ऐनक थी। बनावटी मूँछें भी इस्तेमाल करनी पड़ी थीं....हालाँकि उसे इस बहरूपियेपन से सख़्त नफ़रत थी, लेकिन इस वक़्त वह करता भी क्या। वह जानता था कि फ़ैयाज़ ने यह सब कुछ सिर्फ़ इसलिए किया है कि वह उसे सारे हालात से बाख़बर रखे....लेकिन यह भी हो सकता था कि वह अपनी धमकी पर अमल भी कर दे, क्योंकि

फ़िलहाल इमरान के ख़िलाफ़ उसके पास कोई सबूत मौजूद नहीं था, और फिर यह तो बाद की बात होती कि असलियत क्या थी।

इमरान ठीक आठ बजे रात को होटल से निकल कर दौलतपुर जाने वाली बस पर बैठ गया। उसी बस के ज़रिये वह दस मील का रास्ता तय करके शिकारियों के कैम्प तक पहुँच सकता था। जब तक बस शहर से बाहर नहीं निकल आयी, वह बहुत ज़्यादा एहतियात से रहा। वह जानता था कि उसकी तलाश में सरकारी और ग़ैरसरकारी दोनों ही तरह के लोग होंगे।

दस मील चलने के बाद वह बस से उतर गया। अब उसे घने जंगलों में लगभग डेढ़ मील पैदल चलना था। कैम्प में पहुँच कर वह बेधड़क एक पड़ाव में घुस गया। यहाँ चार आदमी अपने बिस्तरों पर पड़े गप्पें मार रहे थे। इमरान को देख कर वह उठ बैठे।

"नासिर भाई कहाँ हैं?" इमरान ने बहुत ही नर्मदिली से पूछा।

"बराबर वाले टेंट में?" एक ने जवाब दिया। लेकिन वह इमरान को शक की नज़र से देख रहा था। इस वक़्त इमरान की आँखों पर काले शीशों वाली ऐनक नहीं थी। इमरान उलटे पाँव उस पड़ाव से निकल कर बराबर वाले पड़ाव में घुस गया। नासिर यहाँ मौजूद था। इसके अलावा दो आदमी और भी थे।

"नासिर भाई!" इमरान ने उसे बुलाया और नासिर उछल कर खड़ा हो गया।

"तुम कौन हो?"

"मैं....उल्लू हूँ....!" इमरान ने बड़ी सादगी से जवाब दिया।

"क्या मतलब....?"

"उल्लू का मतलब उल्लू ही होता है नासिर भाई!" इमरान ने जवाब दिया।

अचानक नासिर उस पर टूट पड़ा....

"अब्दुल मन्नान हूँ प्यारे भाई!" इमरान उसे रोकता हुआ धीरे से बोला।

"ओह....!" नासिर पीछे हट गया। कुछ पल उसे ग़ौर से देखता रहा फिर उसका हाथ पकड़ कर पड़ाव से बाहर निकल आया। दोनों ख़ामोशी से चलते रहे। जब पड़ाव काफ़ी पीछे रह गये तो नासिर ने एक जगह रुक कर कहा, "तुम यहाँ क्यों आये हो?"

"मैं तारिक़ से मिलना चाहता हूँ!"

"क्यों....?"

"यह तो मैं सिर्फ़ तारिक़ ही को बता सकता हूँ।" इमरान बोला।

"मैं नहीं जानता कि तारिक़ कहाँ है?"

"तब मेरा बेड़ा ग़र्क़ हो गया।" इमरान ने ठण्डी साँस लेकर कहा।

"हाँ! मैंने अख़बार में देखा था।" नासिर ने कहा "लेकिन तुमने भेस बड़े कमाल का बदला है।"

"अरे यार, मैं क्या जानूँ भेस-वेस....यह तो मेरे एक दोस्त की कारीगरी है, जो फ़िल्म कम्पनी में काम करता है...."

"मगर यह तो बताओ कि तुम मुझे कैसे पहचानते हो?"

"यह सब कुछ मैं तारिक़ के सामने ही बताऊँगा।"

"नहीं, तुम मुझे बताओ, वरना यहाँ से ज़िन्दा बच कर नहीं जा सकते।"

"यार, यह तो तुमने बड़ी बेढब बात कही....अच्छा चलो नहीं बताता, जो कुछ करना है कर लो।"

"तुम्हें गला घोंट कर मार डालूँगा।"

"मार भी डालो यार! उससे तो यही बेहतर है। वरना अगर पकड़ा गया तो पाँच लाख रुपये कहाँ से पैदा करूँगा। उन लोगों को शायद मालूम हो गया है कि मैंने तारिक़ के लिए कुछ जानकारी हासिल की है....इसलिए मुझ पर यह मुसीबत आन पड़ी है।"

"तुम मुझे कैसे जानते हो? मेरे सवाल का जवाब दो....!"

"अच्छा तुम न बताओ तारिक़ का पता! मैं जा रहा हूँ।" इमरान ने बड़ी सादगी से कहा

"तुम नहीं जा सकते।"

"मुझे कौन रोकेगा?" इमरान ने धीरे से कहा

"मैं....! तुम नहीं जा सकते।"

"अच्छा तो रोक लो....नहीं, यूँ नहीं।" इमरान ने संजीदगी से कहा "मैं ज़्यादा-से-ज़्यादा पन्द्रह गज़ के अन्दर-ही-अन्दर

रहूँगा। तुम मुझे पकड़ लो....अगर मेरे जिस्म में भी हाथ लगा सको तो अपना नाम बदल दूँगा। चलो पकड़ो।" यह कह कर इमरान ने नासिर के सिर पर एक चपत लगायी....नासिर झल्ला कर उस पर टूट पड़ा....वे दोनों खुले आसमान के नीचे थे और तारों की छाँव में एक-दूसरे को आराम से देख सकते थे। इमरान तो समझिए हवा में उड़ रहा था। अपने वादे के मुताबिक़ वह नासिर के क़रीब-ही-क़रीब रहा, लेकिन वह कुछ इस अन्दाज़ में उछल-कूद कर रहा था कि नासिर उसे छू भी नहीं सका।

"यह रहा....यह आया....यह गया....यह पड़ी चपत!" इमरान ने फिर उसके सिर पर चपत लगायी और बार-बार बकवास करता रहा।

"यह आया....यह गया....यह रहा....फिर लो चपत....!"

ज़रा-सी देर में दस-पन्द्रह चपतें नासिर के सिर पर पड़ गयीं....लेकिन वह उसे न पकड़ सका....

"बस करो! ख़त्म करो।" नासिर हाँफता हुआ बोला। "नहीं सुनते। तुम सुअर के बच्चे।"

"तुम मुझे तारिक़ के पास ले चलो।" इमरान ने रुके बग़ैर कहा, "वरना इसी तरह चपतें मार-मार कर तुम्हें ख़त्म कर दूँगा।"

"ले चलूँगा....ले चलूँगा!" नासिर ने हाँफते हुए कहा

१२

आज तारिक़ ने दूसरी जगह ठिकाना बनाया था। यह एक गुफा-सी थी। और उसके ऊपर कई पेड़ों की घनी शाख़ें झुकी हुई थीं....अन्दर इतनी जगह थी कि तीन-चार आदमी आसानी से रात गुज़ार सकते थे।

तारिक़ क़रीब-क़रीब तीन या चार मिनट से इमरान को घूर रहा था और इमरान इस तरह सिर झुकाये बैठा था जैसे कोई फ़िक्रमन्द बाप अपने बच्चों के बीच में बैठा, उनके भविष्य के बारे में सोच रहा हो....नासिर बाहर निकलने के रास्ते के सिरे पर खड़ा था....तभी तारिक़ बोला।

"पहले मैं तुम्हें बेवक़ूफ़ समझा था, लेकिन अब मुझे तुम पर भरोसा नहीं है और मेरी इस बात का मतलब तो तुम समझते ही होगे....मुझे बताओ कि तुमने नासिर को कैसे पहचान लिया था? तुम उसे क्या जानो?"

"मुझे जूलिया ने बताया था कि नासिर तुम्हारा गहरा दोस्त है।"

"बस इतना ही न! तुमने यह कैसे जाना कि यही नासिर है?...."

"इसलिए कि इनकी नाक काफ़ी लम्बी है और नाक के छेद बहुत बड़े-बड़े हैं....ऐसी नाक वाला हर आदमी मुझे नासिर मालूम होता है...."

"मेरा वक़्त न बर्बाद करो। तुम मुझे उल्लू नहीं बना सकते?"

"और तुम मुझे यूँ ही उल्लू बनाते चले जाओगे....तारिक़ साहब! तुमने मेरा कैरियर बर्बाद कर दिया। मैं चोरों की तरह मुँह छुपाये फिर रहा हूँ।"

"तुम्हें यहाँ किसने भेजा?" तारिक़ ने कड़क आवाज़ में पूछा।

"अल्लाह मियाँ ने भेजा है....अब कहो...."

"क्या तुम यह समझते हो कि यहाँ से ज़िन्दा निकल सकोगे।"

"अच्छा जी!" इमरान नाक चिढ़ा कर बोला। "क्या तुम्हारा दिल भी चपतें खाने को चाह रहा है। जनाब तारिक़ साहब! मैं आदमी नहीं, बल्कि भूत हूँ। मेरे जानने वाले मुझे इसी नाम से याद करते हैं। यह गुफा तुम दोनों की क़ब्र बन जायेगी और मैं तुम्हें यक़ीन दिलाता हूँ कि अपने दोनों हाथों के अलावा और कुछ नहीं इस्तेमाल करूँगा।"

तारिक़ ग़ुस्सा होने के बावजूद भी हँस पड़ा। उसे अपनी ताक़त पर बड़ा घमण्ड था। उसे इमरान की यह बात ऐसी लगी जैसे कोई मच्छर किसी हाथी को चैलेंज कर रहा हो।

"तुम हँस रहे हो तारिक़!" इमरान बोला। "लेकिन मेरे पास ज़्यादा वक़्त नहीं। मुझे आज ही रात को पाँच लाख रुपये

मुहैया करने हैं और उसके लिए मैं तैमूर ही की तिजोरी तोड़ने का इरादा रखता हूँ। वह भी क्या याद करेगा कि किसी ग़रीब को सताया था।"

"तुमने अभी तक मेरी बात का जवाब नहीं दिया? तुम नासिर को कैसे पहचान गये थे?"

"लाहौल विला क़ूवत! फिर वही नासिर....अच्छा, मैं क़सम खाता हूँ कि मैंने नासिर को बिलकुल नहीं पहचाना था। पहले एक दूसरे टेंट में जा घुसा था। वहाँ मालूम हुआ कि नासिर बराबर वाले टेंट में है। दूसरे टेंट में पहुँच कर मैंने सिर्फ़ नासिर का नाम लिया था, इनकी तरफ़ देख कर ख़ास तौर से इनको पुकारा नहीं था। यह हज़रत अपना नाम सुनते ही उछल पड़े और मैं समझ गया कि नासिर यही हैं।"

"मुझे अब भी भरोसा नहीं!" तारिक़ ने गर्दन झिटक कर कहा

"तब फिर एक ही सूरत रह जाती है।" इमरान ने ठण्डी साँस ले कर मायूसी के अन्दाज़ में कहा, "वह यह कि हम दोनों सिर लड़ायें। अगर मेरा सिर फट जाये तो मैं झूठा, अगर तुम्हारा सिर फट जाये तो हम दोनों उल्लू के पट्ठे।"

तारिक़ फिर ख़ामोश हो कर उसे घूरने लगा।

"तुम मेरे पास क्यों आये हो?" उसने थोड़ी देर बाद पूछा।

"सिर्फ़ यह मालूम करने के लिए कि तुम मुझे तैमूर के घर का नक़्शा समझा सकोगे या नहीं। इतना तो मुझे मालूम है कि उसकी तिजोरी उसके कमरे में ठीक उसके सिरहाने रखी रहती है।"

"तो तुम सचमुच उसकी तिजोरी तोड़ोगे?"

"तारिक़! मैं झूठ बहुत कम बोलता हूँ।"

"मैं तुम्हें इसकी राय न दूँगा कि तुम उसकी तिजोरी में हाथ भी लगाओ।"

"मैं राय लेने नहीं आया....तारिक़ साहब!" इमरान ने नाख़ुश होते हुए कहा, "मेरा नाम अब्दुल मन्नान है। जो कुछ सोचता हूँ, कर डालता हूँ। वैसे मैंने अभी तक शादी करने के बारे में नहीं सोचा।"

"मेरी बात तो सुनो। तुम्हें सिर्फ़ पाँच लाख रुपये चाहिएँ न। वह मैं तुम्हें दे दूँगा।"

"तुम मुझे पाँच लाख रुपये दोगे?" इमरान ने मानो उसकी बात को मज़ाक़ समझते हुए ठहाका लगाया।

"यक़ीनन दे सकता हूँ। मेरे लिए यह कोई ऐसी बड़ी बात नहीं है।"

"इसीलिए गुफाओं और झाड़ियों में छिपते फिर रहे हो।" इमरान फिर हँस पड़ा और तारिक़ को एक बार फिर ग़ुस्सा आ गया। लेकिन वह ख़ामोशी से अपनी जगह पर बैठा रहा उसकी तीखी और तेज़ नज़रें इमरान को टटोल रही थीं।

"मैं नहीं समझ सकता कि तुम क्या बला हो।" उसने कुछ देर बाद कहा।

"न समझो तो बेहतर है।" इमरान लापरवाही से बोला। "न जाने कितने यही हसरत लिये हुए दुनिया से चले गये।"

"समझौते की बात करो और मुझे अपने बारे में बताओ।"

तारिक़ ने नर्म आवाज़ में कहा "हम दोनों को चाहिए कि एक-दूसरे को समझने की कोशिश करें। उसके बग़ैर हम एक-दूसरे के क़रीब नहीं हो सकते।"

इमरान उसे इस अन्दाज़ में देखने लगा जैसे वह तारिक़ के उन जुमलों में सच्चाई तलाश कर रहा हो।

"लेकिन अगर तुमने इसके बावजूद भी मुझे धोखा दिया तो मैं किससे फ़रियाद करूँगा।" उसने थोड़ी देर बाद कहा

"मैं धोखा किस तरह दूँगा?"

"यही कि अगर तुमने मेरे हालात से पुलिस को बाख़बर कर दिया तो....!"

तारिक़ हँसने लगा....फिर बोला, "भला मुझे पुलिस से क्या सरोकार....मेरा अपना पेशा भी क़ानून की नज़र में इज़्ज़तदार तो नहीं।"

"तुम्हारा पेशा?" इमरान ने हैरत से कहा "मैं नहीं समझा।"

"हाँ....पुलिस मेरी दोस्त नहीं हो सकती।"

"यार, जब तुम ख़ुद भी नहीं खुलते तो मुझे पागल कुत्ते ने काटा है?"

"मैं डाके डालता हूँ। अब समझे।"

"समझ गया....और मैं भी....डाके तो ख़ैर नहीं डालता....लेकिन तिजोरी तोड़ने में अपना जवाब नहीं रखता....और हाथ की सफ़ाई....ऐसी कि दिन-दहाड़े बीच-बाज़ार से हाथी ग़ायब कर दूँ और किसी को ख़बर तक न हो।"

"यह बात....!" तारिक़ आँखें फाड़ कर बोला। लेकिन उसकी आवाज़ से अभी तक बेयक़ीनी झलक रही थी।

"हाँ दोस्त, यही बात है।"

"मुझे यक़ीन कैसे आये?"

"यक़ीन....! अच्छा तो सुनो जिस वक़्त नासिर पर चपतें पड़ रही थीं। उसी वक़्त उसके कोट की अन्दर की जेब से उसका पर्स निकल कर मेरी जेब में आ गया था...."

नासिर बौखला कर अपनी जेब टटोलने लगा और उसके मुँह से एक हल्की-सी हैरत से आवाज़ निकली।

"घबराओ नहीं....! अपना पर्स सँभालो!" इमरान ने जेब से पर्स निकाल कर नासिर के आगे फेंक दिया।

"वाह यार!" तारिक़ ख़ुशी से झूम उठा।

"यही नहीं! अच्छा, तुम बताओ। क्या मैंने अभी तक तुम्हारे जिस्म को हाथ लगाया है....याद करके बताओ।"

"नहीं तो....क्यों....?"

"तुम्हारा पर्स भी मेरे पास है।"

"क्या?" तारिक़ भी अपनी जेबें टटोलने लगा, लेकिन इतनी देर में उसका पर्स भी उसके सामने फेंक दिया गया।

"अच्छा दोस्त!" तारिक़ ने एक लम्बी साँस लेकर कहा, "हमारी दोस्ती काफ़ी काम की साबित हो सकती है।"

"बस, तुम मुझे उसका घर का अन्दर का नक़शा समझा दो!" इमरान ने कहा।

"बकवास है। उससे कोई ख़ास फ़ायदा नहीं होगा। बड़ी रक़में कोई भी घर में नहीं रखता। तिजोरी में से अगर तुमने दो-चार लाख रुपए निकाल भी लिये तो क्या होगा। कितने दिन खाओगे....आदमी को हमेशा लम्बा हाथ मारना चाहिए।"

"अरे यार, तो कुछ बताओ भी न।" इमरान ने ग़ुस्से में पहलू बदल कर कहा

"साल भर में हम तीनों करोड़पति हो जायेंगे।" तारिक़ ने कहा

"यार तारिक़ जल्दी बताओ! अब अगर तुमने बेकार में बात को बढ़ाया तो मैं अपना गला घोंट लूँगा।"

"क़रीब ही बन्दरगाह पर तैमूर ऐण्ड बार्टले का माल उतरेगा....उसमें से तुम्हें कुछ पेटियाँ उड़ानी होंगी।"

"अरे, यह कितनी बड़ी बात है। हज़ारों आदमियों की आँखों में धूल झोंक कर निकाल लूँगा। बन्दरगाह पर कामयाब न हो सका तो वहाँ से गोदाम तक के रास्ते में यक़ीनी तौर पर यह काम हो जायेगा। यार, तुम अब्दुल मन्नान को क्या समझते हो।"

"लेकिन उन पेटियों की पहचान?" तारिक़ कुछ सोचता हुआ बोला। "उन सब पर एक्स-फ़ाइव थ्री नाइन लिखा हुआ होगा।"

"हाँ, ज़रा एक मिनट!" इमरान जेब से अपनी नोट बुक और पेंसिल निकालता हुआ बोला। "नम्बर लिख लूँ....हाँ.... क्या....एक्स थ्री नाइन....!"

"नहीं! एक्स....फ़ाइव....थ्री....नाइन....!"

"बस, तो समझ लो कि पेटियाँ ग़ायब हो गयीं।" इमरान नोट बुक और पेंसिल जेब में डालता हुआ बोला। "मगर उन पेटियों में होगा क्या?"

"उनमें साँपों की खालें नहीं होंगी।"

"अच्छा तो फिर क्या ज़िन्दा साँप होंगे?" इमरान ने पूछा।

"नहीं यार....यह अभी न पूछो। बस, उन्हें उड़ा लाओ। फिर हम देखेंगे कि उनमें क्या है।"

"यानी तुम्हें भी मालूम नहीं है?"

"हाँ, यही समझ लो।"

"तुम बताना नहीं चाहते?" इमरान ने कहा "ख़ैर, न बताओ। मैं अपने दोस्तों पर हमेशा भरोसा करता हूँ। मुझे यक़ीन है कि तुम न जानते होगे। लेकिन किसी-न-किसी चीज़ पर शक ज़रूर होगा। क्यों क्या ग़लत कह रहा हूँ।"

"बहुत कुछ हो सकता है। भाई अब्दुल मन्नान....! ग़ैरक़ानूनी तौर पर बरामद की हुई कोई भी चीज़....मेरा मतलब यह है कोई बहुत क़ीमती चीज़....सोना....जवाहरात....!"

"मगर यह तरीक़ा ख़तरनाक है....अगर वे पेटियाँ गुम हो जायें तो....!"

"ठीक है, उसे बस एक तरह का जुआ समझ लो। वह पेटियाँ....ऐसी कम्पनियों की तरफ़ से भेजी जाती हैं जो साँप की खालों की तिजारत करती हैं....भला कौन सोच सकता है कि कोई क़ीमती चीज़ इतनी लापरवाही से भी भेजी जा सकती है....!"

"मगर तुम्हारे बयान से साबित होता है कि उन नम्बरों के अलावा और भी अलग-अलग नम्बरों की पेटियाँ होती होंगी। जिनमें से मुझे सिर्फ़ एक्स फ़ाइव थ्री नाइन नम्बर की पेटियाँ ग़ायब करनी होंगी।"

"यक़ीनन तुम्हें वहाँ अलग-अलग नम्बरों की पेटियाँ मिलेंगी....यह नम्बर दरअसल खालों की क़िस्मों के होते हैं।"

"लेकिन तुम्हें कैसे मालूम हुआ कि वही पेटियाँ घपले वाली हैं जिन पर एक्स फ़ाइव थ्री नाइन लिखा हुआ होता है।"

"तुम बेकार में बहस निकाल बैठे हो।" तारिक़ बड़बड़ाया।

"कुछ और न समझना प्यारे!" इमरान जल्दी से बोला। "मैं सिर्फ़ अपना इत्मीनान करना चाहता हूँ। कहीं ऐसा न हो कि मैं साँपों की खालें ढोता रह जाऊँ। मुझे बड़ा दुख होगा।"

"बात यह है कि एक्स-फ़ाइव थ्री नाइन नम्बर की पेटियाँ कभी गोदाम में नहीं जातीं। तैमूर और मैनेजर ख़ास तौर से उनकी निगरानी करते हैं और किसी को पता नहीं चलने पाता कि वे पेटियाँ कहाँ गयीं।"

"ओ हो!" इमरान ने कहा, "बस, मुझे यक़ीन आ गया। उनमें ज़रूर कुछ घपला है। अच्छा प्यारे। बस, तुम मुझे एक दिन पहले बता देना कि कब माल उतरेगा।"

कुछ देर के लिए वह ख़ामोश हो गये। फिर तारिक़ ने नासिर से कहा

"यार ज़रा....वह स्कॉच की बोतल तो निकालना....इस दोस्ती की ख़ुशी में कुछ हो जाये।"

"बस दोस्त, मुझे तो माफ़ ही रखो।" इमरान ने कहा

"क्यों। क्यों?" तारिक़ और नासिर एक साथ बोले।

"उस्ताद ने हमें यह सिखाया ही नहीं। उनका कहना था कि जिस दिन औरत या शराब के नज़दीक भी गये....उसी दिन गर्दन फँस जायेगी....यह सब तो सिर्फ़ शरीफ़ आदमियों के काम हैं।"

"गहरे हो यार!" तारिक़ उसके कन्धे पर हाथ मार कर बोला। "मगर फिर वह जूलिया का क़िस्सा!" उस पर इमरान ने बड़े ज़ोर से क़हक़हा लगाया और काफ़ी देर तक हँसते रहने के बाद बोला।

"वह सब बण्डल था। तुम मुझे अपने काम के आदमी मालूम हुए थे, इसलिए मैं तुमसे बेतकल्लुफ़ होना चाहता था।"

"कमाल है!" तारिक़ उसे ख़ुशी की नज़रों से देखता हुआ बोला। "सूरत से बिलकुल बेवकूफ़ मालूम होते हो....और यही तुम्हारे ऊँचे होने की दलील है। कहीं मुझे तुम्हारी शागिर्दी न करनी पड़े।"

"अरे-अरे....भला यह अब्दुल मन्नान किस क़ाबिल है।"

"वाक़ई तुम किस क़ाबिल हो, के.आई.डबलएस....किस क़ाबिल।" तारिक़ हँस कर बोला।

"और कुछ?"

"और तुम भेस बदलने में बड़े माहिर हो।"

◀◀ ● ▶▶

१३

कैप्टन फ़ैयाज़ उलझनों का शिकार था....उसे कई बार इमरान के साथ काम करने का इत्तफ़ाक़ हुआ था। लेकिन इस क़िस्म के हालात कभी भी नहीं पेश आये थे। कभी ऐसा नहीं हुआ कि उसे इमरान की गिरफ़्तारी का वॉरण्ट जेब में डाल कर उसकी तलाश में भागना पड़ा हो।

फ़िलहाल उसके पास दो केस थे। एक तो बूढ़े करोड़पति इरशाद का मामला और दूसरा इमरान। इमरान वाला केस तो ख़ैर उसने ख़ुद ही अपने हाथ में ले लिया था, वरना वह तो क़तई सिविल पुलिस का केस था।

उन दोनों की दोस्ती बड़ी अजीब थी। फ़ैयाज़ कभी इमरान के लिए अपने दिल में बेपनाह मुहब्बत महसूस करता था और कभी उसे इमरान से इतनी नफ़रत हो जाती थी कि उसका ख़याल भी मँहगा पड़ता।

इमरान ने उससे तैमूर ऐण्ड बार्टले वालों की किसी ग़ैरक़ानूनी हरकत का बयान किया था, लेकिन उसकी वजह ही नहीं बतायी थी। उसके बाद ही इरशाद वाला केस सामने आया। उसका कुछ न कुछ ताल्लुक़ तैमूर ऐण्ड बार्टले वालों

से भी था....फिर एक ऐसी कार में बम का धमाका हुआ जो तैमूर ऐण्ड बार्टले की फ़र्म से ताल्लुक़ रखती थी....उसमें चार आदमी ज़ख़्मी हुए। तैमूर ऐण्ड बार्टले वालों ने कहा कि वह कार उनके यहाँ से चुरायी गयी थी। ज़ख़्मी होने वालों ने भी इसका ख़ुलासा किया कि हक़ीक़त में वे उस कार को चुरा ले जाना चाहते थे, लेकिन वह इसके बारे में नहीं जानते थे कि कार में किसी जगह बम छिपा हुआ है। उसके बाद ही तीसरा शगूफ़ा खुला, यानी इमरान पर फ़र्म की तरफ़ से ग़बन का इल्ज़ाम लगा कर पुलिस की मदद तलब की गयी। इन सब बातों की वजह से फ़ैयाज़ ने अपना पूरा ध्यान उस फ़र्म पर लगा दिया। जिसका नतीजा यह निकला कि पाँचवीं हैरतअंगेज़ हक़ीक़त उसके सामने आ गयी। वह यह कि बूढ़े इरशाद का भी काफ़ी पैसा फ़र्म में लगा हुआ था....अब मामला और ज़्यादा उलझ गया।

फ़ैयाज़ ने एक बार फिर तैमूर को अपने ऑफ़िस में तलब किया। तैमूर ने अपने मैनेजर को भेज दिया, ख़ुद नहीं आया....

फ़ैयाज़ बहुत ज़्यादा झल्लाया हुआ था....क्योंकि इरशाद वाले मामले में पूछ-ताछ के दौरान उन लोगों ने यह नहीं बताया था कि इरशाद भी फ़र्म के हिस्सेदारों में से था....वह तो इत्तफ़ाक़ से उसी तफ़तीश के दौरान उसकी नज़रों से कुछ काग़ज़ात गुज़रे जिनसे उसे इरशाद के शामिल होने का पता चल गया, वरना शायद यह बात पर्दे में रह जाती।

फ़ैयाज़ मैनेजर पर बरस पड़ा।

"मुझे इसका जवाब चाहिए कि यह बात छिपायी क्यों गयी?" उसने कहा

"जनाब, आपने उसके बारे में पूछा कब था?" मैनेजर ने जवाब दिया।

"यह बात बहरहाल मेरे सामने आनी चाहिए थी।"

"मैं नहीं समझ सकता कि किस तरह....इससे आपकी तफ़तीश का क्या ताल्लुक़ हो सकता है। यह एक कारोबारी बात थी....अब आपने पूछा है तो हम बता सकते हैं कि इरशाद साहब भी फ़र्म के हिस्सेदारों में से थे।"

"कितने के हिस्सेदार थे?"

"मुझे याद नहीं, काग़ज़ात देख कर बताया जा सकता है।"

उसके बाद फ़ैयाज़ की गाड़ी फिर ठप हो गयी....अगर उसने यह बात फ़ैयाज़ को पहले नहीं बतायी थी तो उस पर किसी एतराज़ की गुंजाइश नहीं थी। यह हरकत ग़ैरक़ानूनी नहीं कही जा सकती थी....अचानक फ़ैयाज़ को कार वाला हादसा याद आ गया और उसने बात का रुख़ उसकी तरफ़ मोड़ दिया।

"कार की चोरी की रिपोर्ट पहले ही क्यों नहीं लिखायी गयी थी?"

"जब मालूम हुआ, तब लिखायी। वह कार बहुत कम इस्तेमाल में रहती थी।"

यह बात भी ख़त्म हो गयी....और फ़ैयाज़ को उसे दो-चार धमकियाँ दे कर रुख़्सत कर देना पड़ा।

"मैं जानता हूँ....सब समझता हूँ।" फ़ैयाज़ ने कहा, "बस वक़्त का इन्तज़ार है। तुम जा सकते हो।"

लेकिन उसके फ़रिश्तों को भी किसी ख़ास बात का पता नहीं था। वैसे सबसे बड़ी ख़ास बात यही थी कि इमरान अपना वक़्त यूँ ही नहीं बर्बाद कर रहा था।

◀◀ ● ▶▶

१४

मगर फ़ैयाज़ की उस धमकी ने तैमूर और उसके मैनेजर को बहुत कुछ सोचने पर मजबूर कर दिया। दोनों काफ़ी देर से इसी मामले पर बातचीत कर रहे थे।

"उस धमकी का मतलब यह है कि उन्हें शक हो गया है।" तैमूर ने कहा।

"जब यह बात तारिक़ को मालूम हुई तो पुलिस कैसे नहीं जान सकती है?" मैनेजर बोला।

"ख़ैर, तारिक़ की बात छोड़ो। उसने बहुत क़रीब से देखा है। मेरा ख़याल है कि उसे भी सिर्फ़ शक ही हुआ है, हक़ीक़त नहीं मालूम।"

"इसकी तो फ़िक्र न कीजिए।" मैनेजर ने कहा, "जिस दिन भी मेरा दाँव चल गया, मामला साफ़ हो जायेगा।"

"और उस एकाउण्टेंट के बारे में कुछ मालूम हुआ....?" तैमूर ने पूछा।

"एकाउण्टेंट!" मैनेजर कुछ सोचने लगा....फिर थोड़ी देर बाद बोला। "मेरा ख़याल है कि वह भी तारिक़ के आदमियों

में से कोई था....और सुनिए....डिटेक्टिव फ़ोन का एक सेट मेरे कमरे में भी मिला है।"

"मेरा ख़याल है कि तारिक़ किसी बड़े गिरोह से ताल्लुक़ रखता है, वरना मुझे इस तरह चैलेंज करने की हिम्मत नहीं कर सकता था।" तैमूर बोला।

"मुझे यक़ीन नहीं है कि तारिक़ अब तक ज़िन्दा हो!" मैनेजर कुछ सोचता हुआ बोला। "टोनी और मुकेश की नाकामी के बावजूद वह न बच सका होगा।"

"क्यों? किस तरह?" तैमूर ने हैरानी से पूछा।

"मैं अभी आपको नहीं बताना चाहता था। लेकिन बात आ ही गयी है, तो सुनिए....मुझे पहले ही से यक़ीन था कि तारिक़ को असलियत मालूम नहीं है। वह सिर्फ़ इतना जानता है कि एक्स-.फ़ाइव थ्री नाइन नम्बर की पेटियाँ गोदाम में नहीं जातीं और उसी से उसने अन्दाज़ा कर लिया होगा कि उन पेटियों में कोई ख़ास चीज़ होती है। ज़ाहिर है कि एक्स-फ़ाइव थ्री नाइन का नम्बर उसके लिए ख़ास कशिश रखता होगा। इस शैतानी ख़याल को सामने रखते हुए मैंने एक हरकत की और वह सौ फ़ीसदी कामयाब रही। एक्स-फ़ाइव थ्री नाइन की एक ख़ाली पेटी में दो ज़हरीले साँप पैक किये और उस पेटी को अपने कमरे में छिपा दिया। शाम को दफ़्तर से जाते वक़्त उसे कमरे से निकाला। तारिक दफ़्तर के बाहर मौजूद था....मैंने ख़ास तौर से उसे पेटी का नम्बर दिखाने की कोशिश की, लेकिन इस अन्दाज़ में कि उसे ज़रा-सा भी शक न हो सके। तारिक पेटी को मेरे हाथ में देखते ही वहाँ से खिसक गया और मैं

कार में बैठ कर चल पड़ा। कुछ ही देर बाद मैंने महसूस किया कि एक मोटर साइकिल मेरी कार का पीछा कर रही है....मोटर साइकिल पर तारिक़ था। मैंने रफ़्तार तेज़ की। घर तक पहुँचने के लिए मुझे एक वीरान सड़क से गुज़रना पड़ता है....वहीं तारिक़ की मोटर साइकिल कार के बराबर चलने लगी। उसने मुझसे कार रोकने को कहा.... मेरी कार और मोटर साइकिल साथ ही रुकी....और तारिक़ ने झपट कर पेटी उठा ली जो कार की पिछली सीट पर पड़ी हुई थी....उसके एक हाथ में रिवॉल्वर था। पेटी पर क़ब्ज़ा कर लेने के बाद उसने धमकाते हुए कहा 'बस, अब जाओ कोई हरकत करोगे तो फ़ौरन गोली मार दूँगा।' बहरहाल, मैं वहाँ से रवाना हो गया। टोनी और मुकेश पहले ही से उसके पीछे लगे हुए थे। मैंने उन्हें समझा दिया था कि वे उसे पेटी खोलने का मौक़ा ही न दें। मैं चाहता था कि वह जंगल में अपने ख़ेमे में पहुँच कर उसे खोले और फिर अँधेरे में उसे सँभलने का भी मौक़ा न मिल सके।"

"मगर वह तो उस वक़्त तक ज़िन्दा था।" तैमूर ने कहा।

"जी हाँ....और मुझे....यक़ीन है कि उसने उस वक़्त तक उसे खोला नहीं था। टोनी और मुकेश ने यही रिपोर्ट दी है...."

"फिर टोनी और मुकेश से उस पर हमला करवाने की क्या ज़रूरत थी?" तैमूर ने पूछा।

"मैंने उन गधों से यह हरगिज़ नहीं कहा था कि वो उस पर हमला करें। मक़सद सिर्फ़ यह था कि वह उस पेटी को जल्दी में खोले और उन साँपों का शिकार हो जाये....दरअसल उन दोनों ने सिर्फ़ अपने बचाव के लिए उस पर हमला किया था। उन्हें शक हो गया था कि तारिक़ वहाँ उनकी मौजूदगी से

आगाह है, इसलिए इससे पहले कि वह उन पर हाथ डालता, उन्होंने ख़ुद उसी पर हमला कर दिया...."

"और उसके बाद भाग खड़े हुए।" तैमूर ने ताना मारते हुए कहा।

"यक़ीनन....अगर इस क़िस्म का कोई हमला मेरी स्कीम के मुताबिक़ होता तो ज़रूर कामयाब होता।" थोड़ी देर तक ख़ामोशी रही फिर तैमूर ने पूछा, "शिकारियों में से कौन-कौन उसके साथ है?"

"देखने से तो कोई भी नहीं है। हालाँकि नासिर भी यही कहता है कि वह फ़र्म का नौकर है और फ़र्म के फ़ायदे के मुक़ाबले में अपनी और तारिक़ की दोस्ती की भी परवाह नहीं करेगा।"

"शिकारियों से तारिक़ के बारे में पूछ-ताछ की थी?"

"जी हाँ। उन्होंने उसे हमले की रात के बाद से अब तक नहीं देखा....!"

"नासिर कैम्प में है?"

"जी हाँ!"

"लेकिन!" तैमूर कुछ सोचता हुआ बोला। "टोनी और मुकेश के बयान के मुताबिक़ हमले वाली रात को नासिर भी तारिक़ के साथ था।"

"जी हाँ और मुझे उन दोनों के बयान पर यक़ीन है....फ़िलहाल मैंने नासिर को ढील दे रखी है....इस बार का माल उतरवा लूँ, फिर उसे भी समझ लूँगा।"

"तो तुम्हें यक़ीन है कि तारिक़ मर गया होगा?" तैमूर ने मुस्कुरा कर पूछा।

"जी हाँ, मुझे यक़ीन है।"

"क्या वे साँप इतने ज़हरीले थे कि तारिक़ पानी बन कर बह गया होगा....आख़िर उसकी लाश क्या हो गयी....? तुम्हारे बयान के मुताबिक़ अगर नासिर तारिक़ का साथी है तो उसने तारिक़ की मौत की ख़बर शिकारियों को क्यों नहीं दी?.... ज़ाहिर है कि वह उसके ख़ेमे में जाता रहा होगा।"

"उँह!" मैनेजर ने लापरवाही से अपने कन्धों को उचकाया। "अगर वह ज़िन्दा भी है तो क्या हुआ....मैं उसे ठिकाने लगा देने का ज़िम्मा लेता हूँ।"

"इतनी देर बाद एक बात काम की कही है तुमने। ख़ैर.... हटाओ इन बातों को....मैं यह कहना चाहता था कि इस बार माल उतारने में एहतियात बरता जाये....तारिक़ की वजह से नहीं कह रहा....बल्कि पुलिस....कैप्टन फ़ैयाज़ की धमकी कुछ-न-कुछ मतलब ज़रूर रखती है।"

१५

इमरान ठीक नौ बजे रात को तारिक़ के ख़ेमे में पहुँच गया। आज उसका हुलिया कुछ और था। तारिक़ उसे देखते ही कुल्हाड़ा टेक कर उठा।

"अरे....अब्दुल मन्नान मेरी जान....!" इमरान ने सीने पर हाथ रख कर झुकते हुए कहा

"हाय....यह तुम हो?" तारिक़ ने हैरानी में कहा

"सौ फ़ीसदी मैं ही हूँ।"

"यार, तुम आदमी हो या शैतान?"

"शैतानों को आदमी और आदमियों को शैतान मालूम होता हूँ। बाक़ी सब ख़ैरियत है।"

"क्या रहा?"

"बताता हूँ! तुम फ़िक्र न करो। पहले मुझे कॉफ़ी पिलाओ। बहुत थक गया हूँ।"

तारिक़ ने कॉफ़ी का बर्तन अँगीठी पर रख दिया....और अपने पाइप में तम्बाकू भरता हुआ बोला।

"अगर तुमने कोई बुरी ख़बर सुनायी तो मैं बहुत बुरी तरह पेश आऊँगा, क्योंकि तुमने आज मुझे यहाँ से निकलने नहीं दिया। अगर इस बार की पेटियाँ हमारे हाथ न आयीं तो बहुत बुरा होगा। हो सकता है कि फिर आगे वे कोई दूसरा तरीक़ा अपनायें।"

"मैं तुम्हारी तरह अलाड़ी....नहीं....अकाड़ी....क्या कहते हैं उसे....आ हा....अनाड़ी। अनाड़ी....मैं तुम्हारी तरह अनाड़ी नहीं हूँ, हमेशा पक्का काम करता हूँ।"

"पेटियाँ उड़ा दीं तुमने?" तारिक़ सीधा होकर बैठते हुए बोला।

"बस उड़ी ही समझो!"

"क्या मतलब....?"

"मैं उन्हें उनके घर तक पहुँचा आया हूँ।"

"साफ़-साफ़ बताओ?" तारिक़ झुँझला गया।

"साफ़-साफ़ बता तो रहा हूँ।"

"अब्दुल मन्नान....?" तारिक़ ग़ुर्राया।

"अरे, तो बिगड़ते क्यों हो। पहले मुझे कॉफ़ी पी लेने दो। फिर इत्मीनान से बताऊँगा।"

"मैं बहुत बुरा आदमी हूँ।" तारिक़ ने कुल्हाड़े के हत्थे को मज़बूती से पकड़ते हुए कहा

"ग़लत कहते हो तुम!.... सूरत से मियाँ आदमी मालूम होते हो। अगर दाढ़ी रख लो तो हम जैसे लोग भी तुम्हारा एहतराम करें। चलो, कॉफ़ी पिलाओ यार....क्या तुम्हें मुझ पर

भरोसा नहीं है।"

"उँडेल कर पी लो....!" तारिक़ ने नाख़ुश होते हुए कहा। इमरान को लगा कि उसका बायाँ हाथ कुल्हाड़े के हत्थे पर है और दायाँ हाथ जेब में। वह जानता था कि तारिक़ रिवॉल्वर भी रखता है....लेकिन वह बड़ी बेपरवाही से कप में काफ़ी उँडेलने लगा।

कॉफ़ी की दो-तीन चुस्कियाँ लेने के बाद उसने कहा, "कुल पन्द्रह पेटियाँ हैं। मैंने अच्छी तरह गिन लिया था....मगर यार, मुझे वज़न कुछ ज़्यादा नहीं मालूम हुआ।"

"क्या तुमने उठा कर देखा था?" तारिक़ ने पूछा।

"नहीं! उठाने वालों की शक्लें देखी थीं....बोझ उठाने वाले की शक्ल ही देख कर वज़न का अन्दाज़ा हो जाता है....शायद तुम समझ गये होगे।"

"हाँ, मैं समझ गया हूँ! लेकिन तुमने तो कहा था कि मैं उन्हें रास्ते ही से ग़ायब कर दूँगा?"

"हाँ, मैं जादूगर हूँ न! छू किया और मामला साफ़। यार तारिक़, तुमने अक़्ल तो नहीं बेच खायी....मालूम होता है कि तुमने छू मन्तर वाले जासूसी नावेल बहुत पढ़े हैं।"

"तो फिर, क्या झक मारते रहे हो?" तारिक़ फिर झल्ला गया....

"चलो, यही समझ लो। लेकिन मैं अभी थोड़ी देर में तुम्हारी आँखें खोल दूँगा।"

तारिक़ कुछ न बोला। वह तेज़ नज़रों से इमरान को घूर

रहा था....इमरान सिर झुकाये कॉफ़ी पीता रहा, फिर प्याला ख़ाली करने के बाद उसे ज़मीन पर पटक कर आस्तीन से होंट सुखाने लगा।

"मैं समझा।" तारिक़ ग़ुर्राया। "तुम्हारी नीयत में खोट आ गया है और तुम अकेले ही हज़म करना चाहते हो?"

"बस, अब चुप रहो, वरना मुझे भी ग़ुस्सा आ जायेगा....और मुझे ग़ुस्सा आने का मतलब यह होता है कि मैं हफ़्तों हस्पताल में पड़ा रहूँ।"

"बताओ! वे पेटियाँ कहाँ हैं?" तारिक़ ने किसी साँप की तरह फुफकार कर रिवॉल्वर निकाल लिया।

"अरे....अरे....वाह यार....नेकी और पूछताछ....ला लाहौल, शायद मैं ग़लत बोल रहा हूँ। वह क्या मुहावरा है नेकी का फल....नहीं....क्या कहते हैं....तुम ही बताओ....मैं कौन-सा मुहावरा इस्तमाल करना चाहता हूँ। इस मौक़े पर....मौक़े पर कोई शेर याद नहीं, वरना वही सुनाता....!"

"पेटियाँ कहाँ हैं?" तारिक़ गरज कर बोला।

"वह बाद को पूछना....पहले मुहावरा....आहा....याद आ गया....नेकी बर्बाद गुनाह लाज़िम....लो दूसरा भी याद आ गया....शायद हातिम ताई का मुहावरा है....नेकी कर दरिया में डाल....वैसे उर्दू के एक लेखक ने शादी कर दरिया में डाल भी लिखा है....जो भी पसन्द आये इस मौक़े के लिए चुन लो।"

"तो तुम नहीं बताओगे?"

"सुनो! जेफ़रसन रोड पर खाद बनाने के कारख़ाने के

क़रीब एक बिल्डिंग है....उसके अलावा वहाँ और कोई बिल्डिंग नहीं है....पेटियाँ उसी बिल्डिंग में हैं।"

"रीगल लॉज में?" तारिक़ जल्दी से बोला। "ओह....वह बिल्डिंग तैमूर ही की है....!"

"मैं अभी एक घण्टे पहले उन दोनों को उसी बिल्डिंग में छोड़ कर आया हूँ।" इमरान ने कहा

"पेटियाँ वहीं हैं?" तारिक़ ने पूछा।

'हाँ....हाँ....हाँ! और वे दोनों भी वहीं हैं। उनके अलावा और कोई नहीं है। हम उन्हें दिन-दहाड़े लूट सकते हैं।"

"इस ग़लतफ़हमी में न रहना।" तारिक़ ने संजीदगी से कहा, "तैमूर और मैनेजर दोनों ही ख़तरनाक आदमी हैं....दौलत ने उन्हें चेहरे से शरीफ़ बना रखा है। लेकिन वह मुर्दारख़ोर गीदड़ों से भी बदतर हैं....ख़ास तौर से तैमूर के हाथ में अगर रिवॉल्वर हो तो वह दीवाना हो जाता है...."

"अरे छोड़ो भी! अभी तुम भी तो दीवाने हो गये थे। फिर क्यों जेब में रख लिया रिवॉल्वर? अरे, हम वे हैं कि तोपों के रुख़ फेर दें....चलो, उठो! अगर इसी वक़्त सारी पेटियाँ समेट न लूँ तो मुँह पर थूक देना। या मुझसे कहना मैं चाँद पर थूकूँगा और वह उलट कर ख़ुद मेरे मुँह पर आ जायेगा....मुहावरा...."

"मुहावरा नहीं! काम की बात करो। तुम्हारी स्कीम क्या है?"

"दोनों को पकड़ कर ख़ूब अच्छी तरह मरम्मत करेंगे

और उनकी आँखों के सामने सारी पेटियाँ निकाल लायेंगे। क्या तुम यह समझते हो वे उसकी रिपोर्ट पुलिस को दे सकेंगे?"

"कुछ कहा नहीं जा सकता! मुझे यक़ीन नहीं है कि वे दोनों उस बिल्डिंग में अकेले ही होंगे।"

"अच्छा तो तुम ही अपनी स्कीम बताओ?" इमरान ने कहा।

"मेरी स्कीम! फ़िलहाल कोई भी नहीं है। उन पेटियों का उस बिल्डिंग तक पहुँच जाना अच्छा नहीं हुआ....न तुमने ख़ुद कुछ किया और न मुझे करने दिया।"

"तुम क्या जानो कि मैंने क्या किया है। मेरी जगह होते तो आँखें निकल पड़तीं।"

"और क्या किया है तुमने....?"

"राज़ की बातें तो मैं अपने बाप को भी न बताऊँगा। मैंने तुमसे पेटियों का वादा किया है, वे तुम्हें इस वक़्त से ले कर तीन बजे के अन्दर-अन्दर मिल जायेंगी। दिल चाहे मेरी मदद करो या न करो। मैं तुमसे उसके लिए भी न कहूँगा; बस, दूर से तमाशा देखते रहना। ग्यारह बजे तक खाद के कारख़ाने की आख़िरी शिफ़्ट चलती है। उसके बाद वह बन्द कर दिया जाता है। हमें उसके बन्द होने का इन्तज़ार करना पड़ेगा। बहरहाल, मैं ठीक बारह बजे उस बिल्डिंग में चला जाऊँगा....समझे!"

"वहाँ पहुँच कर क्या करोगे?"

"अण्डे दूँगा!" इमरान झुँझला गया। "तुम्हें इससे क्या

मतलब कि मैं क्या करूँगा। पेटियाँ तुम मुझसे लेना। अगर तुम्हें उन दोनों से ख़ौफ़ मालूम होता है। तो बाहर ही मेरा इन्तज़ार करना। मैं तुम्हें मजबूर नहीं करूँगा। अगर मैं मारा जाऊँ तो दुम दबा कर भाग आना बस।"

"तुम मुझे बुज़दिल समझते हो?" तारिक़ ग़ुर्राया।

"बातें तो बुज़दिलों की-सी करते हो...."

"चलो, उठो!" तारिक़ उसका हाथ पकड़ कर खींचता हुआ बोला।

"मगर मैं नासिर को नहीं ले जाऊँगा।"

"क्यों....?"

"बेवकूफ़ आदमी है, काम बिगड़ जायेगा। वह तुम्हारी तरह अक़्लमन्द और मामला समझ नहीं है।"

"हूँ! तो चलो!"

"तुम्हारी मोटर साइकिल कहाँ है?" इमरान ने पूछा।

"चलो, वह भी मिल जायेगी।"

तारिक़ ने अपना रिवॉल्वर लोड किया। कुछ कारतूस जेब में डाले और वे दोनों गुफा से निकल आये....तारिक़ ने मोटर साइकिल एक जगह झाड़ियों में छिपा रखी थी।

थोड़ी देर बाद मोटर साइकिल की तेज़ आवाज़ जंगल के सन्नाटे में गूँज रही थी।

मंज़िल तक पहुँचने में सिर्फ़ एक घण्टा लगा....और मोटर साइकिल सड़क के किनारे एक नाले में उतार दी गयी। यहाँ

चारों तरफ़ सन्नाटा था....खाद की फ़ैक्टरी बन्द हो चुकी थी....फ़ैक्टरी के चारों तरफ़ और रीगल लॉज के अलावा और कोई बिल्डिंग नहीं थी। वे दोनों रीगल लॉज की तरफ़ बढ़ने लगे....बाहर की तरफ़ खुलने वाली किसी भी खिड़की में रोशनी नहीं दिखाई दे रही थी।

"यहाँ कुत्ते ज़रूर होंगे।" तारिक़ बोला।

"हैं, लेकिन सिर्फ़ दो अदद और वे अन्दर अपने बिस्तरों पर पड़े होंगे। लेकिन उनमें से एक भी भौंकना नहीं जानता। वे सिर्फ़ काटने वाले कुत्ते हैं....ख़ैर आओ...."

इमरान ने आगे बढ़ कर एक खिड़की के शीशे तोड़े और अन्दर हाथ डाल कर चिटख़नी नीचे गिरा दी। फिर खिड़की खोल कर वे दोनों अन्दर कूद गये चारों तरफ़ अँधेरा था। इमरान ने जेब से टॉर्च निकाली और वे उसकी हल्की-सी रोशनी में आगे बढ़ते हुए चले गये। अभी तक उन्हें टॉर्च की रोशनी के अलावा और कोई दूसरी रोशनी नहीं दिखाई दी। वे ख़ामोशी से अलग-अलग कमरों से गुज़रते रहे।

अचानक वे बेतहाशा चौंके, क्योंकि अब वह जिस कमरे से गुज़र रहे थे वहाँ अचानक रोशनी हो गयी थी।

"तुम दोनों अपने हाथ ऊपर उठा लो।" किसी ने पीछे से कहा और इमरान धड़ाम से पीछे की तरफ़ चारों ख़ाने चित गिरा....तारिक़ उसकी इस हरकत पर बौखला गया, क्योंकि उसने फ़ायर की आवाज़ भी नहीं सुनी थी। दो रिवॉल्वरों की नालें उसकी तरफ़ उठी हुई थीं।

"तुम उसे देखो।" तैमूर ने मैनेजर से कहा....इशारा इमरान

की तरफ़ था।

मैनेजर रिवॉल्वर का रुख़ उसके सीने की तरफ़ किये हुए आगे बढ़ा। तैमूर तारिक़ को कवर किये था। इमरान ने अपने होंटों पर उँगली रख कर मैनेजर को ख़ामोश रहने का इशारा किया। इमरान उस वक़्त अब्दुल मन्नान के हुलिये में नहीं था, वरना शायद तारिक़ से पहले उसको ख़त्म कर दिया जाता। बहरहाल, इमरान की इस दोस्ताना इशारेबाज़ी पर मैनेजर बौखला ज़रूर गया था। इमरान ने मुस्कुरा कर उसे आँख मारी और बराबर मुस्कुराता रहा। मैनेजर भी बेकार में मुस्कुरा पड़ा, लेकिन फिर उस बेवक़ूफ़ी का एहसास होते ही फ़ौरन संजीदा हो गया।

"नहीं पहचाना?" इमरान ने दोस्ताना अन्दाज़ में कहा, "इस साले को बड़ी मुश्किल से फाँस कर लाया हूँ।"

इमरान ने यह बात इतने ज़ोर से कही थी कि तारिक़ और तैमूर भी चौंक गये और तारिक़ ने इमरान को एक गन्दी-सी गाली दी।

"तुम कौन हो?" मैनेजर ने नर्मी से पूछा। उसका रिवॉल्वर वाला हाथ आपसे आप नीचे झुक गया। वह इमरान के क़रीब आ गया।

अचानक इमरान ने लेटे-ही-लेटे दोनों पैर जोड़ कर उसके पेट पर मार दिये और वह एक भयानक चीख़ के साथ तैमूर पर जा गिरा....दोनों फ़र्श पर ढेर हो गये।

"तारिक़ सँभालो इन्हें?" इमरान चीख़ा।

तारिक़ इससे पहले ही होशियार हो गया था....और फिर उन दोनों को फ़र्श से उठना नसीब नहीं हुआ....तारिक़ और

इमरान ने घूँसे मार-मार कर दोनों को मुर्ग़ा बना दिया। दोनों के रिवॉल्वर उनसे बहुत दूर पड़े हुए थे।

"अब इन्हें बाँध दो...." इमरान ने कहा। "रेशम की डोरी मेरी जेब में है।"

उन दोनों में बिलकुल ताक़त नहीं रह गयी थी। इस दौरान उनके मुँह से एक लफ़्ज़ भी नहीं निकला।

तारिक़ और इमरान ने उनके हाथ-पैर बाँध कर उन्हें एक तरफ़ डाल दिया।

"यार....मैं तो डर ही गया था।" तारिक़ ने शिकायती तौर पर कहा

"उस्ताद मानते हो या नहीं?" इमरान ने पूछा।

"मानता हूँ। मैंने तो पहले ही कहा था कि मुझे तुम्हारी शागिर्दी करनी पड़ेगी।" फिर तारिक़ एक कुर्सी पर बैठ कर पाइप में तम्बाकू भरने लगा।

"तुम यहीं ठहरो।" इमरान ने उससे कहा "मैं ज़रा देखूँ कि वे पेटियाँ कहाँ हैं।"

"नहीं हैं। वे यहाँ नहीं है।" तभी तैमूर गला फाड़ कर चीख़ा।

"अब्दुल मन्नान कभी ग़लत बात नहीं कहता।"

"अब्दुल मन्नान....!" दोनों के मुँह से अचानक निकला।

"जी हाँ! कहिए!" इमरान ने अपनी बनावटी मूँछें उखाड़ीं और नाक पर से प्लास्टिक का ख़ोल भी उतार दिया और फिर मुस्कुरा कर बोला। "अब आप लोग चवन्नी वाले तमाशाइयों

की तरह तालियाँ बजाइए।"

वह उन तीनों को वहीं छोड़ कर कमरे से निकल गया। उन दोनों के रिवॉल्वर भी वह अपने साथ ही लेता गया।

"क्यों तैमूर साहब! अब क्या ख़याल है?" तारिक़ ने पाइप सुलगा कर आराम कुर्सी पर बैठते हुए कहा

"तुम क्या करना चाहते हो?" तैमूर ने कहा

"मैं तो सिर्फ़ वे पेटियाँ ले जाऊँगा और तुम लोगों का क्या हश्र होगा। इसका फ़ैसला मेरा साथी करेगा।"

"उन पेटियों में क्या है?" तैमूर ने पूछा।

"जो कुछ भी हो, मुझे इससे बहस नहीं करनी है।"

"उन पेटियों में लाखों रुपये का माल है।" तैमूर के होंटों पर शैतानी मुस्कुराहट नाचने लगी। "लेकिन तुम उससे फ़ायदा उठाने की हिम्मत भी नहीं कर सकोगे! जानते हो, उनमें क्या है?"

"जवाहरात या सोना....!" तारिक़ ने लापरवाही से जवाब दिया।

इस पर तैमूर और उसका मैनेजर जोर से हँस पड़े।

"भोले लड़के!" तैमूर ने संजीदगी से कहा, "तुम जल्दबाज़ हो। मैं जानता हूँ कि तुम ताक़तवर और दिलेर हो, यह भी जानता हूँ कि शहर में डाले जाने वाले बड़े डाकों में तुम्हारा हाथ ज़रूर होता है। लेकिन....तुम उन पेटियों से कोई फ़ायदा नहीं उठा सकते, क्योंकि उनमें कोकीन है....और कोकीन बेच लेना आसान काम नहीं है।

"कोकीन!" तारिक़ के हाथ से पाइप छूट गया...." नहीं! तुम मुझे धोखा देने की कोशिश कर रहे हो।"

"वह मरदूद गया है। अभी तुम ख़ुद देख लेना।"

तारिक़ का मुँह लटक गया। ऐसा लग रहा था, जैसे वह ख़ुद को बेवकूफ़ महसूस कर रहा हो।

"बोलो! करते हो मामला!" तैमूर ने उसे ख़ामोश देख कर कहा, "इस पूरे माल के नफ़े पर चौथा हिस्सा तुम्हारा....और यह चौथा हिस्सा पचास हज़ार रुपये से किसी तरह कम न होगा।"

तारिक़ कुछ न बोला।

"चलो, खोल दो हमें! तुम इस राज़ को जान गये हो। इसलिए तुम्हें हिस्सेदार तो बनाना ही पड़ेगा।"

"लेकिन अगर तुम अपने वादे से मुकर गये तो...."

"तुम्हारे हाथ हर वक़्त हमारी गर्दनों तक पहुँच सकेंगे, क्योंकि तुम हमारे राज़ को जान गये हो।"

"हाँ, अच्छा! ठीक है!" तारिक़ उन्हें खोलने के लिए उठा ही था कि इमरान कमरे में घुसा।

"यार अब्दुल मन्नान!" उसने झेंपी हुई हँसी के साथ कहा "सारी मेहनत बरबाद हो गयी।"

"क्यों क्या हुआ....?"

तारिक़ ने तैमूर से जो कुछ सुना था, दोहरा दिया और फिर बोला, "नफ़े का चौथा हिस्सा कम नहीं होगा। उसमें से

आधा तुम्हारा....और आधा मेरा। चलो, खोलो उन्हें।"

"मुझे कोई एतराज़ नहीं है; मगर ठहरो, इस तरह इनकी बात पर यक़ीन कर लेना ठीक नहीं है। इनसे बाक़ायदा एक काग़ज़ पर यह बात लिखवा ली जाये और उस काग़ज़ को हम अपने पास रखेंगे ताकि हमेशा मुनाफ़े की रक़म हमें मिलती रहे...."

"हम कुछ लिख कर हरगिज़ नहीं देंगे।" तैमूर ग़ुर्राया।

"तुम क्या, तुम्हारे बाप भी देंगे। मैं तारिक़ की तरह भोला नहीं हूँ, समझे....मैं कोकीन को बेचने का भी इन्तज़ाम कर सकता हूँ। नहीं तारिक़, उन्हें उठा कर उस कमरे में ले चलो, जहाँ लिखने की मेज़ है....जल्दी करो यार....चलो भी।"

उन दोनों को उठा कर दूसरे कमरे में लाया गया। यहाँ फ़ोन भी मौजूद था....और लकड़ी की पन्द्रह अदद पेटियाँ एक ढेर की सूरत में पड़ी हुई थीं।

"तुम्हारा जो दिल चाहे करो।" तैमूर चीख़ा। "लेकिन हमसे कुछ लिखवा कर तुम हरगिज़ नहीं ले जा सकते।"

इमरान हँसने लगा फिर उसने तारिक़ से कहा, "ज़रा अपना रिवॉल्वर तो निकालना....इन्हें अपने बहुत-से राज़ उगलने पड़ेंगे।"

तारिक़ ने रिवॉल्वर निकाल कर इमरान की तरफ़ बढ़ा दिया। इमरान ने बायें हाथ में रिवॉल्वर पकड़ा और दायें हाथ से तारिक़ के जबड़े पर एक ज़ोरदार घूँसा मार दिया।

"अरे....अरे....यह क्या....!" तारिक़ फ़र्श पर ढेर होता

हुआ चीख़ा।

"मुनाफ़े की रक़म का चौथा हिस्सा। उसका आधा मुझे दे सकते हो तो दे दो।" इमरान ने उसे उठने का मौक़ा नहीं दिया। उस पर बड़ी तेज़ी से घूँसों, थप्पड़ों और लातों की बारिश करता रहा।

"अबे, क्या पागल हो गया है....?" तारिक़ ने उसकी गर्दन पकड़ने की कोशिश करते हुए कहा।

"नहीं! न आधा....न चौथाई! यह सारी कोकीन मैं हज़म करूँगा। मुझसे जो बचेगी, वह मेरे बाल-बच्चे खायेंगे।" इमरान ने कहा और उसका हाथ मरोड़ कर उसे औंधा कर दिया। फिर पीठ पर घुटना टेक कर जेब से रेशम की तीसरी डोरी निकाली। और देखते-ही-देखते उसके हाथ पीछे की ओर बाँध दिये। इस दौरान तारिक़ के मुँह से गालियों का तूफ़ान उमड़ता रहा। तैमूर और मैनेजर ज़ोर-ज़ोर से हँसते रहे।

"क्यों तारिक़, अब कैसी रही।" तैमूर ने जली-भुनी आवाज़ में कहा, "तुमने जो कुआँ अपने मालिक के लिए खोदा था उसमें ख़ुद भी गिर गये।"

"यह बात तुमने पते की कही है, तैमूर साहब!" इमरान सिर हिला कर बोला।

फिर वह फ़ोन की तरफ़ बढ़ा और किसी के नम्बर डायल करके माउथ पीस में बोला।

"हैलो! इन्टेलिजेंस ब्यूरो....कैप्टन फ़ैयाज़ कहाँ हैं? घर पर....अच्छा शुक्रिया!" इमरान फ़ोन डिस्कनेक्ट करके दूसरा नम्बर डायल करने जा ही रहा था कि तीनों एक साथ चीख़े।

"तुम यह क्या करने जा रहे हो?"

"इस कोकीन को बाँटने का इन्तज़ाम। आख़िर मैं अकेले कितना खाऊँगा।" इमरान ने बहुत ही संजीदगी से जवाब दिया....और कैप्टन फ़ैयाज़ का नम्बर डायल करने लगा।

"तुम्हें इससे क्या फ़ायदा पहुँचेगा?" तैमूर घिघियाया। "चलो, नफ़े की आधी रक़म पर मामला तय कर लो।"

"तय करने की ज़रूरत है। नफ़े की पूरी रक़म हर हाल में मेरी है।" इमरान ने कहा फिर माउथ पीस में बोला। "हैलो! क्या सो रहे थे। हाँ, हाँ, मैं ही बोल रहा हूँ मेरी जान, अब्दुल मन्नान! यानी अली इमरान। एम.एस-सी., पी-एच.डी., गुरुदासपुर.... हैलो! हाँ! आओ....गिरफ़्तार कर लो मुझे! मिस्टर तैमूर भी यहाँ मौजूद हैं और उनके मैनेजर भी....और एक तीसरा मुर्ग़ जिसकी तुम्हें काफ़ी दिनों से तलाश थी....वही जिसने तीन माह गुज़रे बैंक ऑफ़ बैंगकॉक में डाका डाला था। उसका नाम तारिक़ है....वहाँ की तिजोरियों पर पाये जाने वाले उँगलियों के निशानों और तारिक़ की उँगलियों के निशानों में तुम कोई फ़र्क़ नहीं पाओगे....अच्छा, तुम ही बताओ कि मैं कहाँ से बोल रहा हूँ....जेफ़रसन रोड....खाद की फ़ैक्टरी के सामने रीगल लॉज है....यह इमारत तैमूर ही की मिलकियत है....ये तीनों मुझे बहुत अच्छी-अच्छी गालियाँ दे रहे हैं। इसलिए फ़ौरन आओ....इस वक़्त मेरे क़ब्ज़े में लाखों रुपए की कोकीन है....हाँ, मेरी जान! क्यों मज़ा आ गया न....जल्दी आओ....कई रातों से पूरी नींद नहीं नसीब हुई....हरी-अप।"

"तुत....तु....तुम....!" तैमूर हकला कर रह गया।

"हाँ मैं अली इमरान! उर्फ़ अब्दुल मन्नान....जो चाहो समझ लो। तुमने मेरा नाम तो पहले भी सुना होगा," कमरे पर ख़ामोशी छा गयी।

◀◀ ● ▶▶

१६

दूसरे दिन शाम को कैप्टन फ़ैयाज़ इमरान के फ़्लैट में दाख़िल हुआ, इमरान अपने नये नौकर को डार्विन का मामला समझा रहा था और वह इतना मशग़ूल था कि उसे फ़ैयाज़ के आने की ख़बर न हुई या शायद हो गयी हो, इमरान की बात इमरान ही जाने। बहरहाल, उसके अन्दाज़ से यही मालूम हो रहा था कि उसे फ़ैयाज़ के आने ख़बर नहीं हुई है।

वह अपने अनपढ़ नौकर से कह रहा था। "अब लीमार्क और डार्विन की थ्योरी में फ़र्क़ समझने की कोशिश करो। समझने की कोशिश करोगे।"

"जी हाँ साहब!" नौकर ने कहा। "लेकिन एक साहब आये हैं।"

"हैलो....सुपर.....फ़ैयाज़ !" इमरान दरवाज़े की तरफ़ मुड़ कर ख़ुशी में चीख़ा।

"भई, मैं क़ायल हो गया!" फ़ैयाज़ मुस्कुरा कर बोला। "तुम इस वक़्त अपनी ज़िन्दगी का एक अहम काम अंजाम दे रहे थे। बहरहाल, मैं तुम्हें एक हैरतअंगेज़ ख़बर सुनाने आया

हूँ।"

"हाय, क्या बच्चा हुआ है तुम्हारे!" इमरान ख़ुशी से चीख़ कर खड़ा हो गया।

फ़ैयाज़ सिर्फ़ बुरा-सा मुँह बना कर रह गया। लेकिन उसने जेब से एक लिफ़ाफ़ा निकाल कर इमरान के सामने डाल दिया।

इमरान लिफ़ाफ़ा से ख़त निकाल कर ज़ोर से पढ़ने लगा।

"फ़ैयाज़ साहब!

मैं इरशाद हूँ! अख़बारों में तैमूर ऐण्ड बार्टले वालों के कारनामों के बारे में पढ़ने के बाद आपको यह ख़त लिख रहा हूँ। मैं भी उस फ़र्म का एक हिस्सेदार था, लेकिन उनके ग़ैरक़ानूनी बिज़नेस में मैं शामिल नहीं था। काफ़ी दिनों से मुझे उन लोगों पर शक था, लेकिन मैं खुल कर कोई बात नहीं कह सकता था, क्योंकि मेरे पास अपने दावे की दलील में कोई ठोस सबूत नहीं था। मुझे कुछ लोगों से सिर्फ़ इतना मालूम हो सका था कि वे ग़ैरक़ानूनी तौर पर कोई कारोबार करते हैं। मैंने अपना पैसा उस फ़र्म से निकालने की कोशिश की, लेकिन तैमूर के हथकण्डों ने मुझे उसमें कामयाब न होने दिया। मैं पुलिस से भी शक का इज़हार कर सकता था, लेकिन ज़ाहिर है कि मुझसे सबूत ज़रूर माँगा जाता....इसलिए मैंने काफ़ी ग़ौर करने के बाद पुलिस का ध्यान इस फ़र्म की तरफ़ दिलाने के लिए यह सारा ड्रामा किया था। हड्डियों के ढाँचे की हक़ीक़त तो आप पर साफ़ हो चुकी है। इसके अलावा और दूसरी बातें भी सौ फ़ीसदी ग़लत थीं। राज़िया के वैनिटी बैग में मैंने ही साँप रखवाया

था और वह साँप नक़ली था। मैं जानता था कि वह उस दिन यक़ीनी तौर पर शो-रूम में जायेगी। बहरहाल, मैं अपने मक़सद में कामयाब हो गया। लेकिन आपकी कामयाबी बहुत बड़ी है। यह सब कुछ कर डालने के बावजूद भी मुझे यक़ीन नहीं था कि पुलिस उनकी ग़ैरक़ानूनी हरकतों का सुराग़ पा लेगी? बहरहाल, मेरी तरफ़ से मुबारकबाद क़ुबूल फ़रमाइए। मैं दो-तीन दिन बाद 'इरशाद मंजिल' में वापस आ जाऊँगा।"

ख़त ख़त्म करके इमरान ने बुरा-सा मुँह बनाया, फिर बोला, "यह खूसट यही समझता है कि उसकी इस हरकत की बिना पर कामयाबी हुई है। हालाँकि मैंने बहुत पहले तुमसे कहा था....तुम्हें याद होगा कि मैंने तुमसे कहा था कि इरशाद वाले मामले की जितनी ज़्यादा पब्लिसिटी हो, उतना ही अच्छा है और राज़िया के बैग वाले साँप की पब्लिसिटी ख़ास तौर से की जाये....क्योंकि मुझे पहले ही शक हो गया था कि इरशाद इस तरह किसी ख़ास वाक़ये की तरफ़ इशारा करना चाहता है जिसमें तैमूर ऐण्ड बॉर्टले वाले शामिल हैं....तैमूर ऐण्ड बॉर्टले वालों की किसी ग़ैरक़ानूनी हरकत की तरफ़ मैंने इरशाद की इस हरकत से पहले ही इशारा किया था....और ख़ुदा करे, तुम्हारी अक़्ल पर इतने पत्थर पड़ें कि तुम दूसरी शादी करके अपने मौजूदा ओहदे से इस्तीफ़ा दे दो....तुम मेरी गिरफ़्तारी का वॉरण्ट लाये थे....ख़ुदा तुम्हें ग़ारत करे....!"

फ़ैयाज़ ख़ामोश ही रहा। फिर थोड़ी देर बाद बोला। "आख़िर इरशाद अकेला क्यों रहता है?"

"हाँ! क्यों....? यह कोई ख़ास बात नहीं। उसे आदमियों से ज़्यादा बिल्लियाँ, ख़रगोश, कुत्ते और परिन्दे पसन्द हैं।

आदमियों में सिर्फ़ नौकर पसन्द होंगे जो उसकी हर बात को चूँ-चरा किये बग़ैर क़बूल कर लेते होंगे....!"

"मगर मुझे उसके लिए कुछ-न-कुछ तो करना ही पड़ेगा।" फ़ैयाज़ ने कहा

"कुछ अपने लिए भी करो सुपर फ़ैयाज़!" इमरान संजीदगी से बोला। "कोकीन की स्मगलिंग के सिलसिले में अभी तुम्हें कस्टम में भी एक पार्टी का पता लगाना है....जिसकी मदद के बग़ैर तैमूर कामयाब हो ही नहीं सकता था। यक़ीनन उस पार्टी के लोग एक्स-फ़ाइव थ्री नाइन की पेटियों को इन्स्पेक्शन से बचाये रखते होंगे...."

"वह सब हो चुका है। तैमूर को सब कुछ उगलना पड़ा है। तीन आदमी कस्टम से भी गिरफ़्तार किये जा चुके हैं।" फ़ैयाज़ ने कहा।

"अच्छा, तो बस अब खिसक जाओ! मैं तिलस्म-ए-हातिमताई पढ़ने जा रहा हूँ।"

इमरान ने कहा और बुरा-सा मुँह बना कर सिर खुजाने लगा।

समाप्त

इमरान सीरीज़ के अन्य उपन्यास

ख़ौफ़नाक इमारत (1)

इमरान सीरीज़ की शुरुआत 'ख़ौफ़नाक इमारत' नामक उपन्यास से हो रही है जो इस सीरीज़ का पहला उपन्यास था, जिसमें हम पहली बार इमरान के रू-ब-रू होते हैं। 'ख़ौफ़नाक इमारत' की कहानी संक्षेप में उन लोगों से ताल्लुक रखती है जो पैसे की लालच में अपने ही देश से ग़द्दारी पर उतर आते हैं। कुछ गोपनीय सरकारी दस्तावेज़ विदेश विभाग के ख़ुफिया अधिकारी ले कर जा रहे होते हैं कि उन पर हमला होता है। एक अधिकारी मारा जाता है और आधे दस्तावेज़ दुश्मनों के हाथ लगते हैं। अयाज़ नाम का जो अधिकारी बच जाता है, वह बदले की आग में जल रहा है, लेकिन जब तक वह दुश्मन का पता न लगा ले, वह अपने विभागीय अफ़सरों के सामने नहीं आना चाहता, क्योंकि उसे डर है कि उसके अधिकारी उसे भी सन्दिग्ध मान लेंगे।

दुश्मनों को धोखे से लुभाने के लिए यह अधिकारी क्या-क्या पापड़ बेलता है और कैसी-कैसी हिकमतें अपनाता है। इसका बड़ा ही दिलचस्प क़िस्सा इब्ने सफ़ी ने बयान किया है। फिर इमरान किस तरह इस रहस्य का पता लगा लेता है और कैसे मुजरिमों को गिरफ़्तार कराता है, इसका ब्योरा दे कर हम आपका मज़ा ख़राब नहीं करना चाहते, उपन्यास आपके सामने हैं और हम चाहेंगे कि आप ख़ुद इस सफ़र पर उपन्यास

प्रति उपन्यास मूल्य : रु० 60.00

इमरान सीरीज़ के अन्य उपन्यास

के पन्नों से होते हुए रवाना हों। अलबत्ता, हम यह ज़रूर चाहेंगे कि आपका यह सफ़र इमरान की दूसरी दिलचस्प कारगुज़ारियों के साथ बराबर जारी रहे।

चट्टानों मे आग (2)

'चट्टानों में आग' का किस्सा एक ऐसे मिलिट्री अफ़सर के इर्द-गिर्द घूमता है जो दूसरे विश्व युद्ध के दौरान नशीले पदार्थों की तस्करी करने वाले गिरोह का पता जान जाता है। ज़ाहिर है ऐसे गिरोहों के दो ही उसूल होते हैं–या तो ऐसे आदमी को अपने गिरोह में शामिल कर लो या तो फिर उसे दूसरी दुनिया की तरफ़ रवाना कर दो। चूँकि कर्नल ज़रग़ाम उस गिरोह में शामिल नहीं होता है, इसलिए बरसों बाद उसे धमकियाँ मिलनी शुरू हो जाती हैं। वह जानता है कि जो धमकियाँ दे रहे हैं, वे किसी भी नीचता पर उतर सकते हैं। ऐसी हालत में वह परेशान हो कर कैप्टन फ़ैयाज़ को मदद के लिए लिखता है और फ़ैयाज़ इमरान को कर्नल ज़रग़ाम की मदद के लिए भेज देता है। कर्नल ज़रग़ाम के साथ उसकी बेटी सोफ़िया और दो भतीजे आरिफ़ और अनवर भी हैं जो इमरान को देख कर यह समझ नहीं पाते कि वह कैसे उनकी मदद करेगा क्योंकि उसकी हरकतें हस्बमामूल बेवक़ूफ़ाना हैं। लेकिन आख़िर में असली मुजरिम इन्हीं बेवक़ूफ़ाना हरकतों के जाल में फँस जाते हैं और नशीली दवाइयाँ बेचने वाले एक गिरोह का पर्दाफ़ाश होता है।

प्रति उपन्यास मूल्य : रु० 60.00

इमरान सीरीज़ के अन्य उपन्यास

बहुरूपिया नवाब (3)

'बहुरूपिया नवाब' इस सीरीज़ का तीसरा उपन्यास है जो हम पाठकों के सामने पेश कर रहे हैं। कहानी दौलत और जायदाद की हवस की पुरानी थीम पर बुनी गयी है, लेकिन प्लॉट बिला शक इब्ने सफ़ी के माहिर हाथों से गढ़ा गया है। एक पुराने नवाबी ख़ानदान की शहज़ादी दुर्दाना अपने सौतेले ताऊ की कैसी अजीबो-ग़रीब चालों का शिकार होती है और जब वह ताऊ उसका बाप बन कर आता है तो उसके हाथों लगातार धोखा खाती है, इसकी दास्तान 'बहुरूपिया नवाब' में इब्ने सफ़ी ने बयान की है।

ख़ौफ़ का सौदागर (4)

ऐंग्लो-इण्डियन लड़की रूशी, जिसका पेशा हाई क्लास वेश्या का है-मर्दों को फँसाना और फिर उनसे पैसा कमाना। लेकिन जब इमरान शादाब नगर के मामले को सुलझाने वहाँ पहुँचता है और रूशी उससे रू-ब-रू होती है तो उसकी कठोर दिल में कुछ दूसरी ही भावनाएँ पैदा होने लगती है। और वह इमरान की मदद करने का फ़ैसला करती है। ऐसी नेकी रूशी को किन ख़तरों में डाल देती है इसका रोमांचक ब्योरा तो आप उपन्यास में पढ़ेंगे, लेकिन रूशी का किस्सा यहीं ख़त्म नहीं होता, बल्कि जब वह अपनी पुरानी ज़िन्दगी को बदल कर नयी ज़िन्दगी जीने का इरादा इमरान को बताती है तो वह उसे अपनी सहायक बना कर ले आता है। हमें विश्वास है कि आप जब इस क़िस्से

प्रति उपन्यास मूल्य : रु० 60.00

इमरान सीरीज़ के अन्य उपन्यास

से गुज़रते हुए उस आदमी के कारनामों से रू-ब-रू होंगे जिसका एक कान आधा कटा हुआ है, जो करोड़ों की तस्करी करने में माहिर है जो उसकी शैतानियत को और भी बढ़ा देती हैं तो आप प्रभावित हुए बिना नहीं रहेंगे। तो आइए, खोलिए पहला सफ़ा और तैयार हो जाइए 'भयानक आदमी' से मिलने के लिए।

जहन्नुम की अप्सरा (5)

मोरीना सलानियो जो अपनी डाँसिंग पार्टी के साथ हिन्दुस्तान के दौरे पर आयी है, दरअसल इटैलियन नहीं, बल्कि जर्मन नर्तकी है और उसका काम एक ऐसी विचारधारा का प्रचार करना है जो नसली भेद-भाव और ज़ुल्म पर टिकी हुई है और इसके लिए वह जासूसी भी करती है। उसकी इन शैतानी साज़िशों का पर्दाफ़ाश करने के लिए दक्षिण अफ़्रीका से ग़ज़ाली नाम का जो जासूस आता है वह मारा जाता है और फिर शुरू होता है तफ़्तीश का सिलसिला निःसन्देह 'जहन्नुम की अप्सरा' का दिलचस्प कथानक आपको बाँधे रहेगा और आप इमरान की हरकतों का मज़ा लेते रहेंगे।

नीले परिन्दे (6)

नीले परिन्दों की हक़ीक़त क्या है? सईदा के चेहरे पर भी सफ़ेद दाग़ कैसे उभर आते हैं? शौकत का असिस्टेंट सलीम चोरी का झूठा इल्ज़ाम क्यों कबूल करता है? शौकत अपनी प्रयोगशाला में नीले परिन्दे क्यों जलाता है? इन सारे सवालों के जवाब इमरान की ताज़ा पेशकश 'नीले परिन्दे' में मौजूद है।

प्रति उपन्यास मूल्य : रु० 60.00

इब्ने सफ़ी–इब्ने सफ़ी, जिनका असली नाम असरार अहमद था, २६ जुलाई, १९२८ को इलाहाबाद ज़िले के नारा क़स्बे में पैदा हुए थे। बचपन ही से शायरी और क़िस्से-कहानियों का शौ.क़ था। आगरा विश्वविद्यालय से बी.ए. की डिग्री लेने के बाद वे इलाहाबाद से निकलने वाली उर्दू पत्रिका 'निकहत' से जुड़ गये। जब १९५२ में वहीं से 'जासूसी दुनिया' प्रकाशित होने लगी तो इब्ने सफ़ी ने असरार नारवी, सनकी सोल्जर और तुग़रल फ़रग़ान जैसे नाम छोड़ कर इब्ने सफ़ी के नाम से अगस्त १९५२ में अपना पहला जासूसी उपन्यास 'दिलेर मुजरिम' लिखा और हर महीने एक नया उपन्यास लिखने लगे। १९५२ में वे पाकिस्तान चले आये और कराची में उन्होंने अपना प्रकाशन 'इसरार पब्लिकेशन्स' के नाम से शुरू किया। १९६०-६३ के बीच मानसिक रोग का शिकार होने के बाद जब वे ठीक हुए तो उन्होंने 'डेढ़ मतवाले' नामक उपन्यास से अपनी दूसरी कामयाब 'इमरान सीरीज़' शुरू की और 'जासूसी दुनिया' वाली सीरीज़ भी लिखते रहे। इन उपन्यासों का गुजराती और बंगला समेत अनेक भाषाओं में अनुवाद भी हुआ। जासूसी उपन्यासों के अलावा इब्ने सफ़ी ने शायरी, कहानी और हास्य-व्यंग्य की भी रचनाएँ की हैं। उनका देहान्त अपने ही जन्मदिन २६ जुलाई, १९८० को कराची में हुआ।

चौधरी ज़िया इमाम–चौधरी ज़िया इमाम का जन्म २८ मई, १९७९ को हुआ। वे कई वर्षों से दिल्ली और लखनऊ से प्रकाशित बहुत से नामी समाचार पत्रों के लिए लिखते रहे हैं। वे नार्थ इण्डिया जर्नलिस्ट वेलफ़ेयर एसोसिएशन कि उपाध्यक्ष हैं, साथ ही वेस्टर्न फ़िल्म प्रोड्यूसर्स एसासिएशन के एसोसिएट सदस्य भी हैं। संप्रति वे साप्ताहिक हिन्दी पत्र *भोर हुई* के संपादक पद पर कार्यरत हैं।

नीलाभ–१६ अगस्त, १९४५, बम्बई में जन्म। शिक्षा : एम.ए. तक इलाहाबाद में। पढ़ाई के दौरान ही लेखन की शुरुआत। आजीविका के लिए आरम्भ में प्रकाशन। फिर चार वर्ष बी.बी.सी. की विदेश प्रसारण सेवा में प्रोड्यूसर। १९८४ में भारत वापसी के बाद लेखन पर निर्भर। 'संस्मरणारम्भ', 'अपने आप से लम्बी बातचीत', 'जंगल ख़ामोश है', 'उत्तराधिकार,' 'चीजें उपस्थित हैं', 'शब्दों से नाता अटूट है,' 'ख़तरा अगले मोड़ की उस तरफ़ है' और 'ईश्वर को मोक्ष' (कविता-संग्रह)। शेक्सपियर, ब्रेश्ट तथा लोर्का के नाटकों के रूपान्तर–'पगला राजा', 'हिम्मत माई', 'आतंक के साये', 'नियम का रन्दा, अपवाद का फन्दा' और 'यर्मा' बहुत बार मंच पर प्रस्तुत हुए हैं। इनके अलावा 'मृच्छकटिक' का रूपान्तर 'तख़्ता पलट दो' के नाम से। रंगमंच के अलावा टेलीविज़न, रेडियो, पत्राकारिता, फ़िल्म, ध्वनि-प्रकाश कार्यक्रमों तथा नृत्य-नाटिकाओं के लिए पटकथाएँ और आलेख। महात्मा गांधी अन्तरराष्ट्रीय हिन्दी विश्वविद्यालय के लिए चार खण्डों में हिन्दी के साहित्यिक विवादों, साहित्यिक केन्द्रों और मौखिक इतिहास की शोध परियोजना। जीवनानन्द दास, सुकान्त भट्टाचार्य, एज़रा पाउण्ड, ब्रेश्ट, तादयूश रोज़ेविच, नाज़िम हिकमत, अरनेस्तो कादेनाल, निकानोर पार्रा और नेरूदा की कविताओं के अलावा लेर्मोन्तोव के उपन्यास 'हमारे युग का एक नायक' का अनुवाद। वी.एस. नायपॉल के उपन्यास 'ए हाउस फ़ॉर मिस्टर बिस्वास' और सलमान रश्दी के उपन्यास 'दि एनचैंट्रेस ऑफ़ फ़्लोरेंस' के अनुवादों के अलावा इब्ने सफ़ी की जासूसी उपन्यास माला का सम्पादन। नेरूदा की लम्बी कविता 'माच्चू पिच्चू के शिखर' का अनुवाद बहुचर्चित रहा। मंटो की कहानियों के प्रतिनिधि चयन 'मंटो की तीस कहानियाँ' का सम्पादन। दो खण्डों में गद्य–'प्रतिमानों की पुरोहिती' और 'पूरा घर है कविता।' वैचारिक लेखों के चार संग्रह शीघ्र प्रकाश्य। फ़िल्म, चित्रकला, जैज़ तथा भारतीय संगीत में ख़ास दिलचस्पी।

रज़ा अब्बास–रज़ा अब्बास, जिन्होंने जासूसी दुनिया और इमरान सीरीज़ के इतने बेहतरीन आवरण चित्र बनाये हैं, चालीस वर्षों से फ़िल्म पोस्टर का काम और अन्य चित्रकला करते आ रहे हैं। उनका जन्म रायबरेली ज़िले के जैस इलाके में हुआ था। आजकल वे राजपुर रोड, दिल्ली में रहते हैं।